悪役令嬢に転生したようですが、知った事ではありません

登場人物紹介
シュヴァルツ（殿下）
王太子で、アメリアの婚約者。
以前はアメリアに冷たく
接していたが、次第に彼女を
見る目が変わってきて――？
アメリア・フィン＝
ハイネス＝ランドーク
侯爵令嬢。
前世は地味な日本人女性だった。
前世の記憶を取り戻したことで
ワガママな振る舞いを反省し、
立派な淑女《しゅくじょ》を目指すことに。
ラクサス
アメリアの弟。
素直で優しい性格。
姉を慕っている。

ディア様
精霊。アメリアを
気に入り、常に
くっついている。
キャサリン
アメリアの母。
気分屋だが娘のことは
気にかけており、
時には母親として
苦言を呈することも。
ラルク
アメリアの父。
いつも穏やかな笑みを
浮かべていて、何を考え
ているのかわからない。
妻のキャサリンに
ベタ惚れしている。
ディエル
公爵家令息で、
殿下の従兄弟。
アメリアとはたびたび
意見が衝突している。
チェリア
アメリアの親友。
大人しくて控えめな
性格ながら、
アメリアのことになると
熱くなる一面も。
ナタリー
アメリアの
側仕えの侍女。
お茶を淹《い》れる名人。
アメリアの変化を
最も身近で見守る。

第一話　どうやら記憶が蘇《よみがえ》ったようです

ふと目が覚めた瞬間、不思議な感覚に包まれました。それは私《わたくし》が私であって、でも私ではないような、そんな感覚。

なんだか不安になってきましたし、落ち着くためにも自分自身の事を確認すると致しましょう。

私はアメリア・フィン＝ハイネス＝ランドーク。この前十二歳になったばかりのランドーク家の長女であり、侯爵家令嬢という、選ばれし存在。

……本当に選ばれし存在？

今まで当たり前のように思っていた事に、初めて疑問を抱きます。たまたま侯爵家に生まれただけなのに、そんなに特別なの？　と。

「どうしてそう思い込んでいたのかしら……」

今までの自分自身に呆れ、ついそう呟《つぶや》いてしまいます。恵まれているのは間違いないでしょうが、私だってただの人でしょうに。

そんな風に、今までの考えを完全に否定する理由が私の中にありました。

異世界にある日本という国で生きた、鈴木亜梨沙《すずきありさ》という女性の記憶。それが前世の記憶だと、なぜかすっと理解致しました。ただ、その記憶ははっきり思い出せるところもあれば、ひどく曖昧《あいまい》なところもあるのです。

そして、ただ記憶を思い出しただけではなく、その時の人格が今の人格に影響を及ぼしたようですね。上手くは言えませんが、昨日までの私と前世の私が混じり合ったという表現が、しっくりくるでしょうか。

「それにしても不思議ですね」

あまりにも異なる二つの世界。こちらの世界には魔法があり、神様や悪魔や精霊様などが実際に存在しています。前世の世界にはそれらが存在しない代わりに、科学技術というものが発展しておりました。

こちらの世界での移動手段は徒歩や馬車が基本ですが、転移魔法を使えば一瞬で遠くへ移動する事も可能です。前世の世界には転移魔法はありませんでしたが、自動車や電車、飛行機といった多様な交通手段がありました。

また、前世では肉体が消滅してしまえば生き返る事は不可能でした。ただ、存在そのものを消される事はありません。

こちらの世界では条件こそあるものの、肉体が消滅しても蘇《よみがえ》る事ができます。ただし、ごくまれに存在していたという事実ごと、神々などによって消し去られる事もあるのです。

そんな風にこちらの世界に転生して良かったと思う部分もあれば、あちらの世界の方が良かったなと思う部分もありますね。

前世の感覚でこちらの世界を表現するなら、中世ヨーロッパ的な文化様式を備えた、剣と魔法の世界、といった感じでしょうか。

とはいえ国によっても色々と違うようですが、今までの私は勉強嫌いだったせいで、詳しい事は分かりません。

「前世では、むしろ勉強は好きだったはずですのに……」

思わずそんな事を呟《つぶや》いてしまいました。

別の人間に生まれ変わったのですから、性格も違って当然かもしれません。ですが、前世の私とは正反対と言っていいほど色々と違っているようです。

生活環境もまるで違いますしね。前世ではごく普通の家庭に生まれ育ちましたが、今回はかなり恵まれた家庭に生まれたと思います。この無駄に広くて豪華な寝室を見ただけで、そう実感できますね。

そんな環境で生まれてからずっと蝶《ちょう》よ花よと育てられれば、自分は特別な存在だと思い込んでも致し方ないのかもしれません。

「だいぶ目が覚めてきましたね」

ふうっと息を吐き出します。急に前世の記憶が蘇ったせいで、不安になったり驚いたりしていたのですが、こうして考える事で、昂ぶっていた気持ちがだんだん落ち着いてきたようです。

より気持ちを落ち着かせるためにも、もう少しきちんと整理致しましょう。

そう考えて体を起こすと、ノックの音が四回聞こえました。どうやら側仕《そばづか》えの侍女が私を起こしに来たみたいですね。

突然の出来事に気持ちが追いついていなくて、なんだかふわふわしていますが、まずは侍女に返事を致しましょう。

そう思ったのですが、返事をする前に扉が開いてしまいました。

「お嬢様、おはようございま……す」

私の返事を待たずに入ってきたのは、茶色い髪と目をした年若い侍女、ナタリーでした。口を半開きにしたまま私を見つめています。

返事を待たなかった点を除けば礼儀作法は完璧でしたし、返事を待たなかったのも、いつもの私ならノックの音に気付かず熟睡《じゅくすい》しているからでしょう。主《あるじ》の事をよく理解して臨機応変に対応するあたりは、さすがランドーク家の侍女ですわね。

ただ、珍しく起きていた私を見て未だにぽかんとしているのだけは、いただけません。けれど今まで私が起こされる前に起きていた事なんて一度もなかったわけですから、これも許容範囲内でしょうか。

「おはようございます。次からは私の返事をもう少し待ってください」

「は、はい。大変申し訳ございませんでした」

ぽかんとした表情から一転、真っ青になりながら深く頭を下げるナタリーを見て、私は首を傾げてしまいます。

ああ、分かりました。昨日までの私ならば、ここで得意気に説教をするか、癇癪《かんしゃく》を起こして喚《わめ》き散らすかのどちらかですからね。それを考えると、これも仕方のない反応と言えるでしょう。

そう思う反面、侯爵家に仕える有能な侍女のはずなのに、その反応はあんまりなのではなくて？とも思ってしまいます。いえ、思うだけではなく口から出てしまいました。

「なんですか、その反応は」

これは私にとっては癖みたいなものですね。今まで思った事をなんでも口に出しておりましたから。

私が少し責めるような口調になってしまったためか、更に顔を青くしていくナタリー。

正直である事は美点となりえますが、一歩間違えれば相手を傷つけてしまう事にもなりかねません。

今回の場合は、相手をより怯《おび》えさせる結果となってしまいました。もっと言葉を選ぶという事を心がけなければなりませんね。

「貴方は私の侍女でしょう、ナタリー」

「はい……」

今度はなるべく穏やかに言ったつもりなのですが、声を震わせて返事をするナタリーに、思わずため息が出そうになってしまいます。

「声を震わせるなんて情けない。私の侍女でしたら、もっと堂々となさい。今までの私を考えると恐怖を覚えるかもしれませんが、もうあんな風に怒ったり喚き散らしたりはしません。すぐには無理でしょうけど、私の侍女である以上、少しでも早く私に慣れなさい」

弾かれたように顔を上げ、再び私をポカンとした表情で見つめるナタリー。その姿に、今度こそため息が出てしまいました。でも、それは彼女に対してというより、今までの自分自身に対してです。

重箱の隅をつつくような真似ばかりし、好んで侍女を叱責していたのですから、何か裏があるのではないかと警戒されても仕方ありませんわね。

「どうか今後の私を見てください。今までとは違うと証明してみせますわ。……さぁ、着替えるので手伝いを」

私の言葉に困惑を隠しきれていないものの、しっかり着替えを手伝ってくれるナタリー。その姿を見て、やはり本来は有能な侍女なのだと実感致します。

ただ、着替えの最中も私が体を動かすたびに怯《おび》えられるので、さすがに物申したくなりました。けれど、結局は私の自業自得なのですから、今はグッとこらえます。

そこで私は、大切な言葉を言い忘れている事に気付きました。

あああ、やってしまいましたわ！

慌ててそれを伝えようと、ナタリーの方を向きます。ですが、いざ口に出そうとすると恥ずかしくてたまりません。

……こ、この恥ずかしさはなんでしょう。

恥ずかしさのあまり、つい視線を逸らしてしまいます。ですが、それでは誠意が伝わりません。自分を叱咤して、改めてナタリーの目を見つめます。

「今まで我儘《わまま》ばかり言って悪かったですわ。その……ごめんなさぃ」

ああもう、語尾が消え入りそうになってしまうだなんて、本当に情けないですわ。私は居た堪《いたま》れなくなって、ナタリーの反応を見る事なく鏡の方へ向き直りました。

うう、心臓はバクバク鳴っていますし、顔どころか体中が熱いです。この恥ずかしさを紛らわすために、鏡に映っている自分を観察してみるとしましょう。

自分で言うのもなんですが、前世の頃と比べて、かなり容姿が整っているように感じます。身長も十二歳にして、すでに前世とあまり変わらないかもしれません。まだ成長途中だというのに、出るべきところは出て締まるべきところは締まっていますし。

ただ、どちらかというとつり目なせいか、ややきつめな印象ですね。金髪と赤い目が特徴的ですが、前世は黒髪と黒目だっただけに、不思議な感覚です。

まぁ、童顔でたれ目で小柄だった前世の私を思い浮かべてみると、それはそれで不思議な感じがするのですけどね。

色々と考えを巡らせているうちに着替えが終わったので、私はナタリーに言いました。

「ありがとう、ナタリー」

改めて鏡で確認すれば、前世の私には絶対に似合わなかったであろう派手なドレスが、ばっちり似合っていますね。

派手なドレスと言っても、それは前世の感覚からすればの話であって、今着ているのはプライベート用の簡易なドレスです。けれど、前世の私はこのようなドレスに憧れていましたので、つい表情が緩《ゆる》んでしまいました。

もし前世の自分が着たら、「服に着られる」状態になってしまった事は、容易に想像できますけれど。

あっ、笑うときつい印象が薄れますね。今後はなるべく笑顔を心がけましょう。

昨日までの私は我《わ》が儘《まま》を言ってナタリーの仕事の邪魔をしたり、得意気に叱責したりしていました。ですが、今日はそのような行動を一切しなかったため、信じられないくらい早く準備が整いました。これならば、朝食の席にも間に合いそうですね。

でも、その前に——

「ナタリー、お茶の準備をお願いします」

「承知しました」

ナタリーはそう言って寝室の扉を開け、頭を下げて私が出るのを待っています。

私に怯《おび》える様子がなくなり、少しほっとしました。昨日までの私は侍女たちが私に怯えるのを見て楽しんでいましたが、今の私にとっては苦痛でしかありませんからね。

扉を開けてくれているナタリーの横を通り、寝室よりも更に広い自室のテーブルへ向かいます。

見慣れているはずのテーブルに、どこか新鮮さを感じてしまいました。きっとこれも前世の記憶を取り戻したせいでしょうね。

そんな事を思いながら、ナタリーが引いてくれた椅子に腰掛けます。そして、お茶の準備をするナタリーを眺めつつ、改めて考えを巡らせました。

なぜ、急に前世の記憶が蘇《よみがえ》ったのか……。多分、考えても答えは出ないでしょう。ならば、事実は事実として受け止めるのが一番ですね。これといって問題はありませんし。

……本当に？

思わず唇に右手の人差し指を当てて、考え込んでしまいました。

昨日までの私とは、あまりに性格が変わりすぎているように思います。それについても正確な答えは出せないでしょうが、少なくとも私の中で答えを見つけておく必要がありますね。

……ああ、上手くは言えませんが、なんだか今の私が本来の私であるような気がします。根拠はありませんが、ストンと胸の中に落ちてくる感覚がありました。

これは下手に思い悩むより、新たな自分を受け入れた方が良さそうです。それに、私は今の私が気に入っていますからね。

前世の私は、気になっていた男性から「頑張る人って素敵だね」と言われて以来、なぜか家に引きこもって勉強しまくり、一生独身で過ごしました。そして昨日までの私は、人に意地悪をする事を生き甲斐《がい》にしていました。どちらの人生も、また同じように生きていきたいとは思えません。

「これからは、今の私が思うままに行動していきましょう」

決意を口に出してみましたが、急に色々やりすぎると周囲に怪しまれてしまうかもしれませんね。ともすれば悪魔祓《あくまばら》いに連れて行かれる可能性もありますし、やりすぎないように注意すべきでしょう。その辺は周りの反応を見つつ、臨機応変に対応するしかありません。

どうも前世の世界とこの世界は、根本的に違うようですしね。何せ私の目の色は赤という、前世の世界では有り得ない色なのです。それに、黒目黒髪のお父様と赤髪赤目のお母様の間に生まれた私と弟が、金髪赤目に金髪碧眼《へきがん》というのも不思議です。

そうした色んな法則が違うだけでなく、前世では空想上の存在でしかなかった神様や精霊様、そして魔物などがこの世界には実在しています。

「ただ、不思議な事に似ている点も多いのですよね」

そう呟《つぶや》いた通り、類似点も多いように感じます。数字の数え方や暦《こよみ》の作り、それに四季があるところも……そんな風に考えていましたら、何か大事な事を思い出せそうな気が致しました。

すごく重要な事だと思うのですが、霧に包まれているかのようにぼんやりしています。もどかしくて仕方ありませんけれど、いつかはっきり思い出せる事を期待しましょう。

それ以上に重要な問題が山ほどあります。私の我《わ》が儘《まま》のせいで不当な評価を下された使用人の皆さんの事。たびたび辛く当たってしまっていた弟との関係。それに、両親との関係も希薄すぎるように思います。

そうした人間関係の修復に加えて、貴族社会で生きていくために身に付けなければならない事がたくさんあります。侯爵令嬢という立場に見合うだけの責任も、いずれは背負わねばならないでしょう。

考えれば考えるほど頭が痛くなりますが……不思議な事に、メラメラとやる気が燃え上がってきました。本当に不思議です。

ですが、良い事ですわね。逆に気分が沈んで閉じこもっていては何も始まりませんし、やれるところまでとことんやりましょう。

目標は私自身が理想とする自分になる事です。そう、目指せ立派な淑女《しゅくじょ》ですわ！

目標も決まり、ますますやる気が燃え上がってきます。本当に、どうして今まで勉強や習い事を真面目にしてこなかったのでしょう。後悔の念が浮かんできますが、もはや過ぎた事ですし、その分これから努力すればいい話ですね。

黙々と考えていましたら、不意にいい匂いがしてきました。どうやらお茶の準備ができたようです。

「お嬢様、お待たせ致しました」

お茶を運んできたナタリーに、頷いて応えます。そのまま彼女の貼り付けたような笑みを見つめていると、私の心がちくりと痛みました。

……ああ、分かってしまいましたわ。私はなんて馬鹿だったのでしょう。

今まで散々癇癪《かんしゃく》を起こしていたのは、相手に本当の顔を見せて欲しかったからなのです。実に子供らしい発想と言えますが、反省しなければなりません。

重箱の隅をつつくかのごとく相手の粗《あら》を探し出し、鬼の首を取ったかのごとく文句を言い……本当にろくでもありませんね。

思わず苦笑いが浮かんできて、それをごまかすために、お茶を口に含むと——

「美味《おい》しい……」

沈んでしまった気持ちが一気に浮上しました。本当になんて美味しいのでしょう。今までその事に気付かなかったなんて、私はどれだけ損をしていたのでしょうか。

思い返してみれば、毎回いちゃもんをつけまくってから、すっかり冷めたお茶を一気に飲み干していました。……最悪ですね。淑女《しゅくじょ》を目指すと決めた今の私からすると、自ら掘った穴に入って埋めてもらいたいレベルの事をやらかしておりました。

再び気持ちが沈んできたので、もう一度お茶を口に含みます。

ああ、なんて美味《おい》しいのでしょう。

「ナタリー、貴方の淹《い》れるお茶はとても美味しいわ。本当にありがとう」

そう告げると、ナタリーは貼り付けたような笑みを消し、ふわりと優しく微笑んでくれました。

「もったいないお言葉、畏《おそ》れ入ります」

その声もいつもより柔らかかったので、驚いて彼女の顔を見つめてしまいました。すると、ナタリーは戸惑った様子を見せ、恐る恐る口を開きます。

「何か至らないところがありましたでしょうか？」

「いいえ、そんな事はありません。ただ、私に微笑みかけてくれたでしょう？ ……ああ、違います、怒っているわけではないのです」

なるべく優しく話しているつもりだったのですが、ナタリーの表情に怯《おび》えの色が見えたので、私は慌てて否定しました。

「微笑みかけてくれたのが、その、嬉しくて……。宜しければ、理由を教えていただけませんか？」

「……お嬢様が私のお茶を美味しそうに飲んでくださって、嬉しかったのです」

どこか照れたように、ナタリーは言いました。確か彼女は十五歳、まだ幼さの抜けきれない年齢ですからね。私の変化を怪しむ事なく、素直に受け入れてくれたのかもしれません。

ならば、まずは彼女の信頼を得る事を目標と致しましょう。最終目標は立派な淑女になる事ですが、一気になれるはずもありません。何事も一歩一歩着実に、急がば回れの精神で頑張りましょう。

「ふふふ、実際に美味しかったのですから当然ですわ。改めまして、ありがとうございます」

その言葉を聞いて、嬉しそうに頭を下げるナタリー。ああ、でも一時の気まぐれと思われてしまっては何も変わりませんね。

ですから、先程決めた目標をちゃんと口にしておきましょう。不言実行もそれはそれで良いと思いますが、今回は有言実行で行こうと思います。

「ナタリー。私は先程、立派な淑女になろうと決めました。それをこれから行動によって証明して参ります。これは貴方だけに伝えるのではなく、朝食の時にお父様やお母様の前でも宣言するつもりです」

驚いた表情を浮かべるナタリー。昨日までの私からは想像もつかないような事を口にしたからでしょう。ですが、すぐに穏やかな笑顔で頭を下げてくれました。

その笑顔を見る事ができたのも、私の行動の成果だと思うと、自信に繋がります。

この屋敷にいる全ての方々に「変わった」と思っていただけるまでには、相当な時間がかかる事でしょう。それでも、こうして少しずつ信じてもらうしかありません。

ああ、ナタリーが側仕《そばづか》えで本当に幸運でした。最も身近にいる彼女が態度を軟化させてくれた事が、こうも励みになるのですから。

心の中でナタリーに感謝しつつ、壁掛け時計を見ると、そろそろ朝食の席に向かってもいい頃合です。

「もうすぐ朝食の時間ですわね。さぁ、移動致しましょう」

「かしこまりました」

ここが最初の正念場となるでしょうから、気合を入れ直します。家族の皆様は、今の私を見てどんな反応をするでしょうか。これまで希薄な関係しか築いてこなかった私には想像もできませんが、どんな反応をされても臨機応変に対応しなければなりませんね。

前世の私には想像もつかないほど豪華で広い部屋から、これまた豪華で広い廊下に出ます。もし前世の私と人格が入れ替わっていたとしたら、居心地が悪くて仕方なかった事でしょう。

ただ、その前世の記憶のおかげで、自分がどれだけ恵まれた環境に身を置いているかという事を実感できます。恵まれている分、行動が制限されてしまってもいますが、恩恵を受けている以上は、義務も生じて当然でしょうからね。

その義務を全《まっと》うしてこそ、淑女《しゅくじょ》として胸を張れるというものでしょう。なんだかますますやる気が湧いてきました。

第二話　家族と先生

食堂へ向かいながら、家族の事を確認しておきましょう。前世の記憶が蘇《よみがえ》った事で、当時の家族の事も思い出しておりますからね。思わず混同してしまわないよう気を付けなければ。淑女を目指すとお伝えするだけでも頭がおかしくなったと思われかねませんから、少しでも誤解されないように努めるのは当然です。

お父様の名は、ラルク・フィン＝ハイネス＝ランドーク。まだ三十二歳ですが、ランドーク家の当主です。常に穏やかな雰囲気をまとった方で、顔付きも柔らかな印象があります。容姿はかなり整っていらっしゃるのに、なぜか地味な感じがするのは、派手なお母様が常に隣にいらっしゃるからでしょうか。

前述の通り、お父様は黒髪と黒目をしています。この国では珍しいのですが、今の私は親近感を覚えてしまいますわね。そうそう、この国では日本と違って黒髪黒目の人間はごく少数ですから、その事は忘れないように気を付けましょう。

そんなお父様には、氷の魔王という二つ名があるようです。もっとも、なぜそんな二つ名があるのか、理由までは分かりません。

氷の魔王だなんて格好良い、とか思っていたくせに、それ以上知ろうとはしていなかったのです。

父親の事をよく知らないなんて、淑女《しゅくじょ》としてまずいでしょう。なるべく早く理由を知らねばなりませんね。

唯一分かるのは、お父様がこの国を絶望的な状況から救った英雄という事だけです。絶望的な状況とはどんな状況だったのか、また国を救ったのになぜ氷の魔王などと呼ばれているのか、そういった事も分かりませんが。

お母様の名前は、キャサリン・フィン＝ハイネス＝ランドーク。お父様より二歳年下の三十歳です。お父様とは幼馴染《おさななじみ》で、なんでも身分違いの結婚だったのだとか。

詳しくは何も知りませんが、男爵家のお母様と侯爵家のお父様の、前世でいうシンデレラストーリーのような出来事だったらしいです。

スレンダーな長身の美女で、踵《かかと》の高い靴を履くと、お父様より背が高くなってしまいます。私がきつい顔立ちをしているのは、お母様に似たようですね。

そんなお母様は、かなりの気分屋です。昨日までの私は、自分を決してお叱りにならないお父様と違い、時折り苦言を呈されるお母様を苦手としておりました。そのせいで詳しい事を知ろうともしなかったので、未だにどんな方なのかはっきり分からない始末です。

本当にどれだけ家族に興味がなかったのかと、自分に呆れてため息が出そうです。両親との関係が希薄である一番の原因は、私自身が家族と触れ合うよりも使用人いじめに夢中になっていたからでしょうけど。

それにしても、不思議ですね。昨日までは、お優しいお父様と口うるさいお母様という印象がありました。ですが、今はむしろお父様こそ私に無関心で、お母様の方が私を気に掛けてくださっているように感じます。

とにかく、お二人との関係を少しずつ深めていきたいと思います。

そして最後に、弟のラクサス・フィン＝ハイネス＝ランドーク。私より二歳年下の十歳です。この国でも日本と同じく長男が跡取りとなるのが普通なので、弟も例に漏れず次期当主となるでしょう。

それが気に入らなかった私は、心根が優しくて人懐《ひとなつ》っこい弟をいじめておりました。それでも弟の方は健気に慕《した》ってくれていたのですが、それすらも気に食わなかったのです。

私にとっては唯一の兄弟であり、しかも慕ってくれているというのに、私はなんと情けない姉でしょう。これからは弟とも仲良くなっていきたいと思います。

弟は私と違ってお父様似ですが、お母様の面影もあり、両親の良いところ取りの美少年だと思います。身長もお母様に似て高くなれば、美少年っぷりにますます拍車が掛かるでしょう。けれど、性格も良いですから、身長に関係なくモテそうですわね。

ならば、将来弟から恋の相談を持ちかけられる事を目標としましょう。ラクサスの場合は誰かに恋をして悩むというより、たくさんの女性から言い寄られて困ってしまう可能性の方が高そうですけど。

家族の情報を整理し終えたところで、食堂に到着しました。時間もちょうどいいですね。

そう思ったのですが、私は家族の中で最後でした。

いつものようにお気に入りの赤いドレスを着たお母様を筆頭に、お父様もラクサスもきちんと身《み》嗜《だしな》みを整えて席に着いています。

まずはそんな家族と、壁際に控えている使用人の皆さんに挨拶《あいさつ》しましょう。

「おはようございます、お父様、お母様、ラクサス。そして使用人の皆さん」

そう言って頭を下げたのですが、待てど暮らせど返事がありません。

不思議に思いながら頭を上げると、お父様とナタリーを除いた全ての人が、驚愕《きょうがく》の表情で私を見つめています。

確かに昨日までの私を考えると、驚愕に値するほどの事なのでしょう。ですが、こうして皆さんの驚く姿を目《ま》の当たりにすると、思わず笑ってしまいそうですわ。

「おはよう、アメリア」

ただ一人、いつもの柔和《にゅうわ》な笑みを浮かべたお父様は、これまたいつもの口調で挨拶を返してくださいました。

このお姿を見ると、氷の魔王という二つ名を持っているなどとは、とても思えません。いえ、むしろこのような状況にあっても笑みを絶やさないあたりに、氷の魔王と呼ばれている理由が隠されているのかもしれませんね。

……って、自分の父親だというのに、私はどれだけ興味がなかったのでしょう。

家族の事を思い出そうとすればするほど情けなくなって参ります。これからは、家族の事を積極的に覚えていく事にしましょう。

色々と考えを巡らせているうちに、お母様とラクサスが我に返り、「おはようございます」と挨拶を返してくださいます。どうやら使用人の皆さんも我に返ったようですね。

「それにしても、アメリアがこんなに早く起きてくるとは珍しい。今日はそこの侍女に邪魔されなかったのかい?」

私が席に着くのを待って、お父様がそうおっしゃいます。

むしろ私がナタリーの仕事を邪魔していたせいで遅くなっていたというのに、そのような事をおっしゃるなんて。

……いえ、これも今まで私が色々な責任を周りの者に押しつけてきたせいですね。そんな自分に、改めて失望致します。

そこで、不思議なプレッシャーを感じました。

ああ、そういえば以前からお父様に見つめられると、こうしてプレッシャーを感じていましたね。上手く言えませんが、何か心の中を覗き見られているような気分になって、お父様から目を背《そむ》けたくなるのです。

今までの私は、そのプレッシャーに負けてすぐに目を逸らしていました。ですが、なぜかそれでは負けだという気がしたので、お父様の目をしっかりと見つめ返します。

すると、ほんの少しですが、お父様の表情が変わったように見えました。

「いえ、今日は私が我儘《わがまま》を言わなかったから、早く準備が整ったのです」

私が正直に事実を述べると、皆様が再び驚愕の表情を浮かべました。今度はお父様も眉をはね上

げます。ですが、すぐにいつもの笑顔に戻りました。

「そうなのか。という事は、何か心境の変化でもあったのかい？」

その言葉を聞いた瞬間、全身がゾクリとします。まるで全てを見透かされているかのような、不思議な感覚です。プレッシャーも先程の比ではございませんが、やましい事は何もありませんし、先程決めた目標を堂々と宣言しましょう。

「はい。突然ですが、私は立派な淑女《しゅくじょ》になろうと決めたのです。ですから、その目標を達成するために、これから精一杯努めていこうと思います」

「ふむ、良い心がけだね。私は応援するよ」

その言葉と共に、お父様から受けていたプレッシャーと、あの不思議な感覚がなくなります。後に残ったのは、なんとも言えない気持ちと疲労感。

お父様が内心どう思っていらっしゃるのか気になりますが、それをお聞きしようか迷っていたところで、お母様から声をかけられました。

「アメリア、本当にどうしたの？　熱があるのではないかしら？　前からよく突拍子《とっぴょうし》もない事を言ってはいたけど、今日のは普段の貴方からは想像もできないような発言だわ」

「まぁまぁ、キャシー。ここは娘を信じてあげようじゃないか」

「貴方はいつもそうやってアメリアの肩を持つのね」

私に助け舟を出されたお父様に、お母様が不機嫌そうに返します。

すると、とろけるような笑みを浮かべたお父様が席をお立ちになり、お母様へのもとへ移動されました。それを見て、お母様が「しまった」というような表情を浮かべます。

「キャサリン、ヤキモチを焼いてくれたんだね」

「ラ、ラルク様。ここではその、子供たちの目がありますから……」

「そんな些細《ささい》な事を気にしているのかい？　私の愛を君に伝えるのに、時間も場所も関係ないよ」

「いえ、その、は、恥ずかしいので、お願いですからやめてください！」

「ふふ、恥ずかしがる君も愛《いと》おしいが、困らせたいわけではないから我慢するよ」

言い終えるや、お母様の髪に口付けを落とすお父様。我が両親の事だというのに、なんだかドキドキしてしまいました。一体どうなさったのでしょう、今までこんな姿をお見かけした事などありませんでしたのに……

そう思って他の方々をちらりと見てみたのですが、私と違って平然としていました。

……まさか、これは日常茶飯事《にちじょうさはんじ》だったのでしょうか？

これまで私がどれだけ両親に関心がなかったのかを思い知らされた気分です。きっと朝食の席でも、使用人の粗《あら》を探していじめる事に夢中だったのでしょう。

恥ずかしいやら情けないやら複雑な気持ちでいますと、席にお戻りになったお父様と目が合います。その視線を意味深に感じてしまいますが、お父様は特に何もおっしゃいませんでした。

そうして、ようやく食事が始まります。食事が始まってもお父様はやたらとお母様に絡んでいましたが、ドギマギしているのは私だけで、やはり皆平然としておりました。これがいつもの朝食の風景だという事でしょう。

両親が仲善《なかよ》き事は喜ばしい事ですが、今までそれに気付いてもいなかっただなんて、私の無関心っぷりを改めて痛感致します。

そんな仲の良い両親がたびたび不穏な感じに――というよりはお母様が一方的にお怒りになっているように感じていたのですが、その原因も私にあったのかもしれません。そうと分かれば猛省して、これから頑張る事にしましょう。

食事をしながらそう決心しておりますと、誰かの視線を感じました。そちらに視線を向けると、弟のラクサスと目が合ったのですが、ぱっと逸らされてしまいます。

ああ、いつもの私でしたらここで嫌味を口にしていましたからね。弟が両親から大切にされている事が面白くなかっただけなので、子供らしい嫉妬と言えばそうなのかもしれませんが、今思うと自分が情けなくてたまりません。

いつもの嫌味が飛んでこないせいか、チラリチラリとこちらを窺《うかが》っている弟に、「もうそんな事はしないわ」という意味を込めて微笑んでおきます。なぜか慌てて顔を下げられてしまいましたけど、そんな行動を取られてしまうのも私の自業自得ですわね。

けれど、もう意地悪をするつもりは毛頭ございませんから、これから少しずつ仲良くなっていきたいと思います。

弟の様子を見ていると、どうやらまだ私を慕《した》ってくれているようですからね。本当に、なんていじらしい。その姿がとても可愛らしく見えて、関係修復を急ぎたいと強く思いました。

あらいけない、せっかくの美味《おい》しい料理が冷めてしまいますわね。今は食事に集中する事に致しましょう。

食事を終えた私は自室に戻り、勉強の準備を整えました。少し時間が余ったので、寛《くつろ》ぎながら再び考えを整理します。

本当は予習をしておくべきなのかもしれませんが、突然前世の記憶を取り戻した事に、まだまだ気持ちが追いついていませんからね。

先程、食事を終えた後に「美味《おい》しかったです」と感想を口にしたのですが、再び皆様を驚かせる結果となってしまいました。どうやらこの変化を受け入れてもらうだけでも、かなりの時間がかかりそうです。

これも全て今までの私の言動が原因なのですが、問題解決が困難であればあるほどやりがいがありますから、俄然《がぜん》燃えてきました。

どうもこうした負けん気の強さは、前世の影響もあるようですね。前世の私は変に頑固な面があったのです。

その負けん気の強さが必ずしも良い方向に働いたわけではありません。それが原因で前世では生涯独り身を貫《つらぬ》くハメになり、それを深く後悔していた記憶があります。

前世の私を反面教師と思って今後に活かすとしましょう。

幸い今の私には婚約者がいますから、独身のまま一生を終える心配は無用ですけれどね。

さすがに二回続けて独り身というのは御免被《こうむ》りたいので、すでに婚約しているというのは本当にありがたい事です。

ですが、平民はともかく貴族は愛のない政略結婚が当たり前。お父様とお母様の関係が特殊であろう事は想像に難《かた》くありませんし、愛し愛される結婚は難しいかもしれません。

とはいえ、どうせなら夫になる方には愛し愛されたいですから、そのために最大限努力する事にしましょう。

せっかく結婚できたのに仮面夫婦になってしまったり、相手から冷たくされたりするのは避けたいところです。

「ただ、今更努力してどうにかなるとも思えませんが……」

思わずそう呟《つぶや》いてしまったのには理由があります。私の婚約者は大変見目《みめ》が良いので、一目惚《ひとめぼ》れした私はしつこく付きまとっていました。そのせいで彼の私に対する印象はひどく悪そうなのです。

というより、嫌われているでしょう。

男尊女卑《だんそんじょひ》の傾向が強く、何かにつけて「女のくせに」と言われる世の中にあって、私はお父様の威を借りて偉そうにするのが好きでした。

その上、婚約者の方が身分が高いというのに、「貴方は私にふさわしい」などと不遜《ふそん》な発言をして……ある時は自分の事ばかりベラベラとしゃべっておきながら、相槌《あいづち》を打つのがやっとの相手に「もっと気の利いた事は言えないのですか」と言った事もありました。

……それでは婚約者に好かれなくて当たり前ですわね。

「私は本当に何をやっていたのでしょう」

それでも最初は笑顔で応対してくださっていた婚約者ですが、最近は最低限の挨拶《あいさつ》こそしていただけるものの、笑顔を見せてくださった記憶はありません。

幼い頃は仲が良く、「俺は浮気なんかしないから安心しろ」とまで言っていただいたというのに。

——あれ？　私はその時、なんと応えたのでしょう？

急に記憶がぼやけてしまったかのように、当時の事が思い出せません。

その後、満面の笑みを向けていただいた事は思い出せるのですが……これは前世の記憶が蘇《よみがえ》った事の弊害《へいがい》でしょうか。

「そうだとしたらまずいですわね。記憶が蘇ったからといって、良い事ばかりではないという事なのでしょう」

そうと分かれば、自分が何を覚えていて何を忘れてしまっているのかを確認するためにも、更に考えを巡らせる事にします。

浮気といえば、どうして女性は男性を一途《いちず》に愛するのが当然で、逆に男性の浮気は甲斐性《かいしょう》だという風潮があるのでしょう。男女平等が当たり前だった前世の記憶を取り戻した今、これまで以上に憤《いきどお》りを感じますわ。

とはいえ、そんな風潮がある以上は愛し愛される結婚などと高望みをせず、せめて信頼し合える仲を目指した方が良いかもしれませんね。

そもそも前世の記憶を取り戻した今、婚約者の事を考えてみても、好きというほどの感情は湧いてこないのですから。どうやら好きだと思い込んでいただけで、単なる憧れにすぎなかったようですわね。

それに、婚約しているとはいえ、必ずしも結婚できるとは限りません。決して油断せず、不慮の事態に備えておかねばならないでしょう。

「お嬢様、そろそろお時間でございます」

「ありがとう。さ、参りましょう」

ナタリーの言葉にそう返し、気持ちも新たに勉強部屋へ移動します。

それにしても、本当に何から何まで前世と違いますわね。十二歳といえば前世ではまだ小学六年生で、ようやく自分の部屋をもらえた年齢でしたが、今の私には何をするにも専用のお部屋があります。

ただ、こんなに立派なお屋敷ですのに電化製品は皆無《かいむ》です。前世の世界でいうと産業革命前といった感じの生活水準でしょうか。それでも使用人の皆さんのおかげで全く不便は感じていないのですが、もし前世の人格と完全に入れ替わっていたとしたら、それは戸惑った事でしょうね。

その上、前世では空想上の存在でしかなかった生き物が、この世界には実在しているのです。

例えば、この国には精霊様がいらっしゃいます。精霊様はそこら中にいるわけではありませんが、精霊様が集まる場所があり、私もそこへは何度も行った事があります。

なぜなら精霊様に気に入られる事が、この国では最上の誉《ほまれ》となりますからね。十歳前後の年齢が最も気に入られやすいとされていて、少なくともその年代の子供は何度も足を運ぶのが古くからの習わしです。

今年もその場所へ赴《おもむ》く予定ですが、前世の記憶を取り戻した今、精霊様をこれまでとは少し違った目で見る事になりそうですね。

考え事をしているうちに、勉強部屋にたどり着きました。指定の時間ぴったりに部屋に入ったのですが、中には誰もいませんでした。てっきり家庭教師の先生が先にいらしているものとばかり思っていましたのに。

でも考えてみれば、私は今まで一度も時間通りに来た事がありませんし、授業をボイコットするのも日常茶飯事《にちじょうさはんじ》でしたからね。先生もそれを見越していらっしゃるのでしょう。

自分が情けなくて、思わずため息が出てしまいます。でも、落ち込んでいる場合ではありません。これまでの分を取り戻すためにも頑張らねば。国内有数の学者として名高いメルベル先生を、わざわざ私の家庭教師としてお招きしているのですし。

そう気合を入れ直して席に着き、先生の到着を待ちます。

「おお、アメリア様。今日は時間通りにいらしたのですね」

部屋に入ってくるや否《いな》や、先生はそう口になさいました。

すでに六十を過ぎているそうですが、背筋がピンとしていらっしゃるので、十歳以上は若く見えます。白髪ではありますけれど、元々そんな色の髪だという事ですし、研究者っぽい服装もよく似合っていらっしゃいますね。

そんな先生がにっこりと微笑み、予想だにしなかった事をおっしゃいました。

「さすがはアメリア様でございます。ささ、それだけでこの老体の心は満たされましたので、今日の授業はこれにて終了と致しましょう。後はいつものように自習をしてくだされば、それで結構でございます」

あまりの言葉に、私は固まってしまいました。

授業がこれで終了？　まだ始まってもいないではありませんか。

自習をすれば問題ない？　むしろ問題しかないでしょう。自習と言われても、何を勉強したら良いのかすら分からないのですから。

何を勉強すべきか分からない私にも問題があると思いますが、先生ならそんな事は容易に想像がつくはずでしょうに。

それにいつもと同じ柔和《にゅうわ》な雰囲気ですが、どこか馬鹿にしているような印象も受けますし。いえ、それは私の思い込みかもしれませんけれど、なんにせよふつふつと怒りが湧き上がってきました。

ですが、これも今までの私の態度があまりにひどすぎたせいでしょう。ここは怒りを抑えて、これからはきちんと取り組もうと思っている事を伝えなければなりませんね。すぐには信じてもらえないでしょうけど、何事も一歩ずつです。

「メルベル先生。今まで大変申し訳ございませんでした。私は心を入れ替えて頑張りたいと思っておりますので、どうかお力を貸していただけないでしょうか？」

その言葉に、先生はぴくりと眉を動かしましたが、再びこんな事をおっしゃいます。

「なんと、ご立派な心意気に感激しましたぞ。ただ、急に色々やろうとしても、なかなか難しいものです。今日のところはここまでにして、明日から少しずつ頑張っていきましょう。さぁ、お部屋にお戻りください」

ピシャリと言い切られてしまいました。私が何か良からぬ事を企んでいるとでも思っていらっしゃるのかもしれません。

となれば、ここはやはり誠心誠意お願いし続けるしかありませんね。

「急にこんな事を言っても信じていただけないでしょうし、先生のおっしゃる通り少しずつでないと、体も頭もついていかないかもしれません。ですが、どうか今日から授業をしていただけないでしょうか？」

「本当に素晴らしいお心がけだと思います。それだけでも十分ですので、明日から頑張る事にしましょう。今日はもうお疲れでしょうからな」

「まさか、少しも疲れてなどいませんわ。どうかお願い致します。教えてくださいませ」

「この問答だけでも立派な勉強となる事でしょう。無理はよくありませんぞ、アメリア様」

「無理などしておりません。今までがあまりにひどかったので、信用していただけないのも当然です。ですが、どうかこれからの私を見ていただけないでしょうか？　そのためにも、今すぐ授業に臨みたいのです」

「これはこれは、感服致しました。このやり取りだけで今日は十分ですぞ。また明日から頑張りましょう」

このクソジジイ！

……はっ。内心でとはいえ、なんとはしたない言葉を叫んでしまったのでしょう。とても教えを乞う立場の言葉とは思えませんし、猛省せねば……口から出なかったのは不幸中の幸いですわね。

ですが、先生は私にものを教えるのが仕事でしょうに、それを放棄するとは何事でしょうか。当然、お給料だってもらっているのでしょうし、せめてその分の働きを見せやがれです！

はっ、また私とした事が……うう、これもきっと前世の記憶が蘇《よみがえ》った事の弊害《へいがい》ですわね。今まで聞いた事もないような汚い言葉を、次々と思い浮かべてしまうとは。

もしうっかり口に出してしまったら、それだけで淑女《しゅくじょ》失格と言えますね。いえ、淑女失格どころか大問題に発展しかねません。心の中でつい思い浮かべてしまうのは仕方ないとしても、せめて口から出さないように気を付けなければ。

気を落ち着かせるためにも深呼吸してから、改めて先生にお願いします。

「お願いです、どうか授業をしてください」

「先程申し上げました通り、このやり取りだけでも十分勉強になった事でしょう。素晴らしい授業態度でしたとお父上には報告しておきますので、どうかご安心を」

そんな事を心配をしているわけではございません！

思わずそう叫びそうになるのを必死にこらえ、もう一度深呼吸します。それは効果を発揮してくれ、昂《たか》ぶった感情をわずかに抑える事に成功致しました。

「つまり、先生はこうおっしゃりたいのですね。ランドーク家から与えられた職務を全《まっと》うせず、俸《ほう》給《きゅう》のみを手になさると。確かに教えたくても、生徒に拒否されてしまえばそれは困難でしょう。ですが、生徒である私がこうして教えを乞うているのです。それなのに職務を放棄なさるというのは、いかがかと思うのですが？」

つい言葉が刺々《とげとげ》しくなってしまいましたが、間違った事は言っていないと思います。

先生は驚いたように眉を上げられた後、なぜか楽しそうに微笑まれました。

「アメリア様は、ランドーク家の権力を振りかざすおつもりなのでしょうか？」

なぜそんな結論になるのです⁉

とすかさず返しそうになりましたが、先生の声にどこか試すような響きがあったので、慌てずに落ち着いて答える事に致します。

「当然でしょう。なぜならば、私が勉強をするのはお父様がそうお決めになったから。つまり、勉強はランドーク家が私に課した義務であるとも言えるでしょう。私は、その義務を果たさねばなりません。そのためでしたら、ランドーク家の権力を使う事になんのためらいもありませんわ」

私は当然だとばかりに、堂々と口にしました。

その間、先生は目を見開き、食い入るように私を見つめていらっしゃいました。そして全てを聞き終えると、苦笑いを浮かべます。

「いやはや、試すような真似をしてしまい、誠に申し訳ございませんでした。他国には、他者の精神を乗っ取る秘術がありましてのぅ。つい、その可能性を疑ってしまいました。勉学に対する考え方こそ変わろうとも、その気性はアメリア様で間違いないでしょうな」

先生はそう言って深々と頭を下げられましたが、そのお姿に違和感を覚えてしまいます。……これは間違いなくまだ疑っていらっしゃいますね。

ただ、それを私に気付かせたのは、わざとである気が致します。試すような真似をとおっしゃっていましたが、恐らく今も私を試していらっしゃるのでしょう。

とはいえ未熟な私が、この国有数の学者と名高い先生の真意を全て汲《く》み取ろうなどとは、おこがましいにもほどがあります。いずれはそれができるくらい成長したいものですけれど、ここは思ったままを口にするしかありませんね。

「未だに私を試していらっしゃるのに、何をおっしゃいますか。それに、授業を早々に切り上げ、お父様に私の変化について報告なさるおつもりだったのでしょう？　いえ、別にご報告いただくのは構いませんわ。立派な淑女《しゆくじよ》になりますと、今朝お父様の前で宣言しましたもの。先生がいかなる報告をなさろうと、お父様は驚かれないでしょう」

すると、先生は眉を跳ね上げました。

ああ、きっとこれは私の負けでしょう。自分では冷静なつもりでしたが、つい感情的な発言をしてしまいましたから。

それは淑女としても褒《ほ》められた行動ではございません。正直な気持ちを述べるにしても、もっと淑女らしい言い方があるでしょうに……本当に私はまだまだです。

そう内心で悔しい思いをしていたら、先生が突然、笑い声を上げられました。

「ほっほっほっ、わしも相当耄碌《もうろく》しておるようですな」

意表を突かれた私は、思わず固まってしまいました。

先生はなおも言葉を重ねます。

「あまりのお変わり様《よう》に驚いてしまいましたが、この気の強さはまさしくアメリア様のもの。本質は以前のままのようですな。ラルク様に対しても、同じようにまっすぐ意見をお述べになったのですか？」

私は恐る恐る頷きます。

すると、先生がますます笑みを深められました。

「若者の成長は著《いちじる》しいものですが、これほどとは思いもよりませんでした。かっかっかっ、これは教え甲斐《がい》がありますのぅ。ご希望通り、さっそく授業をさせていただく事に致しましょう」

先生の予想外のお言葉に、私は目を瞬《しばた》かせます。そんな私を見つめていた先生が、どこか悔いるような声色でおっしゃいました。

「実は前から思っていたのですよ。こう言っては失礼ですが、アメリア様は負けず嫌いなタイプなので、焚《た》きつけやすいだろうと。ただ、素直すぎるところもあるゆえ、嫌いな勉強に自ら立ち向かおうとはしないものだと思い込んでしまっておりました」

先生がおっしゃっている内容は、納得できる事ばかりで、私は嬉しいやら恥ずかしいやら、複雑な気分になりました。

そんな私をよそに、先生は続けます。

「まさか、この歳になって己《おのれ》の未熟さを思い知らされるとは。感謝致しますぞ、アメリア様。その感謝の印として、わしの持つ知識を余すところなく授けましょう。アメリア様は、その資格もお持ちのようですからな」

「資格ですか？」

怪訝《けげん》に思い、つい聞き返してしまいました。

すると、先生がにやりと意味深に微笑まれます。

「ええ。その鱗片《へんりん》は、たった今拝見させていただきました。……今のわしから言える事は、一切手を抜かずにスパルタで行かせていただきますという事だけですな」

どこか挑発するような台詞《せりふ》に、俄然《がぜん》やる気が湧き上がってきます。

「望むところです。宜しくお願い致します」

私がそう答えると、先生は笑い声を上げながら、机に次々と本を積み上げます。その数があまりに多いので、私は目を見開きました。

「ふふふ。その元気、いつまで続きますやら」

「むっ。最後まで続きますわ」

まるで続かない事が決まっているかのように言われたので、つい言い返してしまいます。

ああ、はしたない。すぐに熱くなってしまうところは直さねばなりませんね。

そう思いながら先生を見ると、さっきと同じ笑顔ですのに、瞳には妙に力が宿っている気がしました。全身から発する気迫も感じられますし、なんだか背筋が伸びる思いです。

さあ、新しい目標ができました。先生の出される課題を必ず乗り越えてみせましょう。

第三話　昼食とマナー

先生には授業が終わる時間まで、ノンストップでご指導いただきました。白熱しすぎたせいか、あっと言う間に感じられましたね。勉強するのが好きだった前世の私でも、ここまで集中した事はなかったように思います。

というのも、先生の授業を受けていると、知識がどんどん増えているのが実感できて、すごく楽しいのですよね。今までサボってきたツケで、基本的な事ばかり習っているせいもあるかもしれませんが。

これからどんどん難しくなるでしょうし、そうなると気力や体力を大きく消耗しそうです。能率を考えると、適度な休憩は必要でしょう。

次回からは休憩の時間となりましたら、部屋の隅に控えているナタリーに声をかけてもらう事に致します。どうも先生も熱くなると時間を忘れるタイプのようですからね。

「教え甲斐《がい》があるので、つい熱中してしまいました」という先生のお言葉につい喜んでしまいましたが、何事もやりすぎは良くありません。休憩を忘れるほど熱中していては、そのうち間違いなく体に支障が出るでしょうしね。

実際、急に頑張りすぎたせいか、軽い頭痛がしております。体調管理も淑女《しゅくじょ》の務めでしょうから、気を付ける事に致しましょう。

「お嬢様、お疲れ様でした。ご昼食は食堂で取られますか？　それとも自室でお取りになりますか？」

「ありがとう、ナタリー。そうね、食堂で取ろうと思います」

労《ねぎら》いの言葉をかけてくれたナタリーに、笑顔で答えます。

食事は元気の源《みなもと》ですし、きちんといただいてから休憩する事にしましょう。私はまだまだ成長期でもありますからね。

幸い午後のマナーの授業までは時間があるので、食堂で昼食を取ってからでも十分に体力を回復できると思います。わざわざ自室に運んでもらい、ナタリーの手を煩《わずら》わせる必要はないでしょう。しっかり体を休めて、マナーの先生にもビシバシ鍛《きた》えていただかなければ。

食堂へ向かっていると、向かい側から弟のラクサスが、側仕《そばづか》えの者たちと共にやってきました。ちょうど、弟の方も授業が終わったところなのでしょう。

ラクサスは私を見てぱっと表情を明るくしたものの、すぐに遠慮するかのように目を逸らしてしまいました。

今まで私が弟にどれだけひどい態度を取ってきたのかを実感し、胸が痛みます。私にそんな資格などないでしょうに。

「こんにちは、お姉様。これからご昼食ですか？」

ぎこちない笑みを浮かべて恐る恐る聞いてくるラクサスに、私はなるたけ優しい笑顔で返しました。

「ええ、ラクサス。良かったら一緒に食べませんか？」

その言葉に目を丸くしてから、キョロキョロと視線をさまよわせるラクサス。ですが、すぐに顔を輝かせて、「是非ご一緒したいです」と言ってくれました。

なんと素直で可愛らしい弟でしょう。それなのに、私は弟に嫉妬して、今まで辛く当たってしまっていただなんて……つくづく情けない限りです。

けれど、このラクサスの笑顔を見ていると、今の私になれて本当に良かったと思えますね。

ただ、同時に前世でもこの笑顔を見た事があるような――いわゆるデジャヴというものでしょうか――そんな感覚もあります。とはいえ、それ以上の事は思い出せなくて、なんだかもどかしいですね。

もしかしたら、前世の私には、弟に似た知り合いがいたのかもしれません。……こんな美少年の知り合いがいたのなら、すぐに思い出しそうなものですが。

まぁ、いくら考えても思い出せないでしょうし、逆にふとした瞬間にあっさり思い出せそうな気も致します。ただでさえ色んな問題が山積みなのですから、この事を考えるのは後回しにしましょう。

昼食を終えた私はラクサスと別れ、部屋に戻りました。そして、ナタリーにお茶の準備をお願いします。

今日の昼食ではぎこちない会話しかできませんでしたが、少しずつ話が弾んでいたように思いますし、これからゆっくり関係を改善していきましょう。

ラクサスに完全に呆れられたり嫌われたりする前に記憶が蘇《よみがえ》って、本当に助かりました。すでにトラウマになりかけていた可能性もありますし、危ないところでしたね。

ただ、ラクサス本人はともかく周りの反応が芳《かんば》しくありません。ラクサスの側仕《そばづか》えの者たちは、私がよからぬ事を企んでいるとでも思っているのか、鋭い視線を向けてきました。

そんな事をすればクビになってもおかしくありませんが、弟が傷つくのを黙って見ているよりはマシだと思っているのでしょう。

もちろん私は弟を懐柔《かいじゅう》しようとしているわけではありませんし、弟から信用を得て一気に奈落《ならく》に突き落とそうなどとも考えていないので、彼らの杞憂《きゆう》にすぎないのですが……。それは今後の行動や態度で示すしかないですね。

それはさておき、ラクサスは周りの人から愛される性格みたいで、姉としては鼻が高いですね。私も弟が自慢に思ってくれるような姉になりたいものです。

そのためにも、早く立派な淑女《しゅくじょ》になりましょう。

ああ、そういえば先生から、淑女の心得が記《しる》された書物をお借りしたのでした。淑女を目指す身としては必読の書物ですし、少しずつ読み進めるとしましょう。

そう思って書物を開き、読み始めたのですが、その内容にショックを受けました。前世の記憶を思い出したせいか、かなり前時代的な印象を覚えます。

例えば、上位の貴族の方に足を差し出されたら、そこに口づけするのが礼儀だと書かれていますが……それはあまりに屈辱的《くつじょくてき》ではないでしょうか？

自分より爵位が上の者から求められたら、たとえ結婚していようと体を許さなければならないというのも、本当に馬鹿げております。その上、夫にばれたら良くて出家か離婚。場合によっては自害させられるだなんて、ひどすぎて言葉もありませんわ。

この書物に書かれている淑女像《しゅくじょぞう》にはちっとも共感できませんし、なりたいとは思えません。

そうやって読み進めるうちに、いい匂いが漂《ただよ》ってきました。どうやらお茶が入ったようです。

ナタリーの淹《い》れてくれるお茶は本当に美味《おい》しいですし、冷ましてしまうのはもったいないですからね。一旦読書をやめてお茶を楽しむ事にしましょう。

「お嬢様がお疲れのご様子でしたので、リラックス効果と疲労回復効果がある茶葉を使用しております」

「まぁ、気を利かせてくれてありがとう。さっそくいただくわ」

丁寧に説明してくれたナタリーにお礼を言ってから、お茶を口に含みます。すると、爽《さわ》やかな風味が口の中に広がりました。いささか苛立《いらだ》っていた心が落ち着き、肩に入っていた力が抜けていくように感じます。

ナタリーに茶葉の種類を聞いてみたのですが、やはり前世とは違う世界だからでしょうか、知っている名前は何一つありませんでした。

考えてみれば、この屋敷で出される食事も非常に美味しいですが、前世の記憶にある料理は一切ありませんね。

そこで、ふとある事を思いつきました。前世の世界とこの世界の食事情が全く違うのなら、前世の知識を活用して、新しい料理を生み出せるのでは？

これは妙案《みょうあん》のように思われます。

同じ材料が存在しないなどの理由で、前世の料理知識を活かせない可能性もありますが、逆に想像以上の結果が出せるかもしれません。

私の目指す淑女は、自分より身分が高い方や男性に対しては媚《こ》びへつらい、反対に自分より弱い相手には権力を振りかざすといったものではございません。身分を弁《わきま》えながらも決して卑屈になる事なく、男性とも互いに尊重し合えるような淑女になりたいと思っています。

そのためには、女性の地位向上は必須でしょうし、もしかすると新しい料理の開発は、そのきっかけになり得るのではないでしょうか。

「お嬢様、おかわりはいかがなさいますか？」

ナタリーの声で、現実に引き戻されました。視線を落とすと、いつの間にかカップの中が空《から》っぽになっています。

「そうね、いただくわ」

美味しいものは、気付かぬうちにどんどんお腹に入ってしまうようですね、飲みすぎには注意しなければ。

さて、考えを再開しましょうか。

どうやらこの世界は私が思っていた以上に、男尊女卑《だんそんじょひ》の風潮が強いみたいです。私が女でありながら傍若無人《ぼうじゃくぶじん》に振る舞えていたのは、お父様が国王様に対してさえ強気に発言できるほどの権力をお持ちだからこそですね。

幸い先程例に挙げたような事——つまり上位貴族の足に口づけしたり、求められるままに体を許したりといった行為は、精霊様が非常に嫌っているため、基本的にはタブーとされているようです。とはいえ、それが淑女《しゅくじょ》の理想像とされてしまうくらい、女性が軽く扱われているという事ですね。同等以上の爵位の男性に、女性から声をかけてはいけないともされています。それにもかかわらず、私はお父様の後ろ盾があるのをいい事に、国王様にすら自分から話しかけていました。

これまでは気にした事もありませんでしたが、社交界ではかなり嫌われている事でしょう。私の婚約者があそこまで嫌悪感を露《あら》わにするのも、当然ですわね。

……なんだかこれまでの自分の行動を振り返ると、今の婚約者との結婚は諦《あきら》めた方が良さそうな気がしてきました。私より身分が高くて彼にふさわしい女性もいらっしゃる事ですし、前世の記憶を取り戻した今となっては、婚約者に対してそれほど執着はありません。

お父様さえ説得できれば、婚約は解消できるでしょう。そもそもこの婚約は、私の我《わ》が儘《まま》を聞いたお父様が国王様にゴリ押しして、無理やり成立させたのですから。

「幸い婚約を解消しても、傷がつくのは女性の方だけですし」

ナタリーが空になったポットを運んでいくのを眺めつつ、ポツリと呟《つぶや》きます。

もちろん、お父様にも色々お考えはあるでしょうが、今まで私の我が儘は全て叶えてくださいましたから、今回も叶えてくださると思います。

……改めて考えますと、お父様も非常識極《きわ》まりない方ですわね。いくら国を救った英雄だとはいえ、そのような勝手な振る舞いをしていては、足元を掬《すく》われかねませんのに。

それでもお父様は常に飄々《ひょうひょう》としていらっしゃいますし、我が家はどんどん繁栄しています。それに鑑《かんが》みるに、氷の魔王という二つ名は伊達《だて》ではないという事でしょうか。

というか、本当になぜ、氷の魔王と呼ばれているのでしょう?

私の記憶にあるお父様は、言ってしまえば、我が儘娘に好き放題させる親バカでしかないのですが。お母様にベタ惚《ぼ》れしていて子供の前でいちゃつき始めるあたりも、氷の魔王という呼び名からは掛け離れておりますし……

「……お嬢様、お気に召しませんでしたか?」

不安げなナタリーの声で、再び現実に引き戻されました。

「はっ、すみません。つい考え事をしてしまいました。お茶はとっても美味《おい》しいですし、おかげでリラックスできていますわ。ありがとう」

ナタリーが部屋に戻ってきた事にも気付かないほど、考え込んでしまっていました。

せっかくのお茶も少し冷めてしまっていますから、悩むのは後回しにして、今はお茶を楽しみましょう。それに、もう少ししたらマナーの授業が始まりますからね。英気を養《やしな》っておかねばなりません。

未だナタリーの表情は晴れませんが、悩みを打ち明けるわけにも参りません。これ以上彼女を不安にさせないためにも、お茶を楽しむ事に集中しないと。

淑女《しゅくじょ》を目指すならば、周囲の人に心配をかけない事も大切でしょう。優秀な侍女であるナタリーが、私の一挙一動に敏感に反応する事くらい、容易に想像できるというのに……本当に情けないです。


結局、体の疲れこそそれなりに癒《い》やせましたが、ナタリーの曇った顔を再び明るくする事は叶いませんでした。むしろ、私が気を使って話しかければ話しかけるほど、恐縮させてしまったのです。最終的には黙らざるを得ませんでした。

今朝ナタリーに微笑んでもらえたので、つい甘い考えを抱いてしまっておりましたが、長年意地悪をし続けていたツケが今回ってきているのですね。

とはいえ、この失敗は考えを改めるきっかけになりましたし、自分の甘さに早い段階で気付けた事を喜びましょう。

理想の淑女を目指すと決めた以上、反省するならともかく、落ち込んでいる暇などありませんからね！

なんとか気持ちを奮《ふる》い立たせ、マナーの授業が行われる部屋へと向かいます。マナーの先生はマリア先生という方なのですが、彼女の授業はこれまでも真面目に受けておりました。

マリア先生は「褒《ほ》めまくって伸ばす」という方針のようで、私をやる気にさせるのがとっても上手なのです。メルベル先生の授業と違ってサボる事も少なかったので、きっと以前の私はマリア先生とすごく相性が良かったのだと思います。

だからこそ心配ですね。メルベル先生より長い時間を共に過ごしてきた分、変化を怪しまれてしまいそうです。

とはいえ、今の私が以前の私を演じようとしても、上手くできるとは思えません。ならば、ここはメルベル先生の授業と同様、素直に頑張る姿勢を見せる事に致しましょう。

そう決心して、ナタリーが開けてくれた扉から部屋に入ります。

メルベル先生と違い、マリア先生はすでにいらしていました。

いつも貴族女性としての立ち振る舞いを自ら実演してくださるので、今日も動きやすい簡易なドレス姿ですが、お母様に負けず劣らずの美人ですわね。

淡い緑色のドレスが本当によく似合っていらっしゃいます。恐らくご自身の美しい緑色の髪に合わせたのでしょう。

それにしても、なぜ彼女のような方が未だ結婚せず、マナーの先生などしていらっしゃるのやら。まだ十分お若いでしょうし、社交界でも引く手あまたでしょうに。

それとも、見た目は若くとも実年齢はそれなりに高くていらっしゃるのでしょうか。その事については、いずれ聞いてみても良いかもしれません。

そんな事を思いながら、先生に挨拶《あいさつ》します。

「ごきげんよう、マリア先生」

すると、マリア先生は紫色の目を大きく見開かれました。

いつも開始時間が過ぎてから先生に呼びにきていただいておりましたので、私がこうして自らやってきた事に驚いていらっしゃるようです。……それともまさか、すでに変化に気付かれてしまったのでしょうか？

「ああ、お嬢様。今日は淑女《しゅくじょ》らしく時間前に来てくださったのですね。お見事でございます」

「ありがとうございます」

先生の声色から、単に驚いていらっしゃるだけだと判断致しました。まぁ、これまでも気まぐれで時間より早く来た事がありますからね。

一歩前に進み出ますと、なぜだか再び目を見開かれてしまいました。

どうしましょう、今度のは理由が分かりません。

「お嬢様、今回はきちんと復習してくださったようですね」

マリア先生はにこにこしながら嬉しそうにおっしゃいました。どうやら、私の歩き方を褒《ほ》めてくださっているみたいです。

考えてみれば、私に歩き方を教えてくださったのはマリア先生なのですから、きっと当の私ですら気付いていない細かな変化に気付かれたのでしょう。

マリア先生が予想以上に鋭いので、私の背中に冷たい汗が流れます。

ええい、ビビっている暇はございません。こうなったら、いっそ私の決意を口にしてしまいましょう。

「実は、私は決意したのです。今までなんの目標もなく漫然と過ごしておりましたが、これからは立派な淑女を目指して頑張ろうと。ですから、今まで以上に厳しいご指導をお願い致します」

そう言って頭を下げます。こうするとマリア先生の反応を窺《うかが》う事ができず不安ですが、ここはマリア先生の返事を大人しく待つしかありません。

万が一、何者かに精神を乗っ取られているなどと疑われてしまえば、大騒ぎになってしまうかもしれませんが、その時はその時ですわよね。

もう少し考えを整理したり、悩んだりする時間があれば、違った方法もあったのかもしれません。ですが、今の私にできる最善の方法はこれなのです。ですから、中途半端にならないように全力で突き進むだけですわ。

確かな決意を持って顔を上げると、マリア先生はひどく困惑していらっしゃいました。それは混乱もしますわよねと思いつつ、マリア先生の言葉をじっと待ちます。

ほどなくして、マリア先生がためらいがちに口を開きました。

「……つまり、この国で理想とされている淑女になりたいと……そう解釈して宜しいでしょうか？」

「いいえ、この国で理想とされている淑女ではなく、私自身が理想とする淑女になりたいと思っています」

私がそう答えると、マリア先生の顔つきが険《けわ》しくなりました。思わず生唾《なまつば》を呑み込む私でしたが、直後、マリア先生の口から予想外の言葉が出てきます。

「では、私の指導をこのまま受けたいと……？」

どこか探るような声色で聞かれ、困惑してしまいます。一体どういう意味でしょうか？

そう思ったのですが、そこである事に気が付きました。

そういえば、マリア先生の教えてくださる礼儀作法は、この国に浸透しているものとは少し違っているのです。

以前から自分の作法が人と違うと思う事はありましたが、誰からも注意を受けた事がないので、あまり意識した事がありませんでした。自分は特別だと思い込んでいたせいもあるかもしれませんね。

周りの目など一切気にしておらず、そして気にしなくとも許されてしまう状況にあったのだと思うと、本当に恐ろしいです。私は間違いなく、周囲から浮いていたことでしょう。

その事が、お父様の権力がどれだけ大きいかを物語っており、その娘である私もきっと腫《は》れ物みたいに扱われていたのだと思います。

それにしても、よく考えてみれば、マリア先生の教えてくださる礼儀作法は、どうも私の理想にかなり近いように感じられますね。

マリア先生がなぜそんな作法を知っているのか、そしてなぜ私にそれを教えていたのかなど、色々な疑問が浮かんできます。けれど、今はそんな事を考えている場合ではありません。マリア先生の質問に対して、適切な答えを返さなければ。

「マリア先生の指導をこのまま受けたいのはもちろんですが、この国の礼儀作法についても一通り教えてくださいませんか？」

マリア先生の眉が、ぴくっと動きます。私の答えが予想外だったのか、または何かしらの核心を突いたか、はたまたその両方なのか……

「……貴方は、本当にあのアメリアお嬢様でしょうか？」

その質問は予想の範疇《はんちゅう》でしたから、堂々と頷きます。無論、それだけで納得していただけるはずがないでしょうし、未だマリア先生の顔つきは険《けわ》しいままです。

まだ何か聞いてくるのか、それともお父様に私がおかしくなったと報告に行かれるのか、どちらでしょうか。

そう考えておりますと、マリア先生が別の質問を口にしました。

「私の教える作法がこの国に浸透しているものとは違うと、いつからお気付きだったのですか？」

どうやらマリア先生は、私がその事に気付いていないと思っていたようです。まぁ、実際ほとんど気にしていなかったのですから、気付いていないも同然だったのでしょうが。

「さすがの私も、夜会に参加するようになってから、すぐに気付きましたわ。ただ、特に不都合がなかったので、あまり気にしていませんでした。でも、立派な淑女《しゅくじょ》になるためには、そんな心がけではいけないと思ったのです。それに以前から、男尊女卑《だんそんじょひ》の傾向が強いこの国の礼儀作法は、おかしいと感じておりました。その点、マリア先生に教えていただいた礼儀作法は、とても素敵だと思えたのです。男性に媚《こ》びへつらうわけではなく、かといって男性を立てないというわけでもない。このような考えに至るまでに随分時間がかかってしまいましたが、改めて、私はマリア先生に師事したいと思ったのです。ただ、この国の貴族社会で生きていく以上、伝統的な作法もきちんと知っておくべきだと考えました」

マリア先生は目を瞑《つぶ》って、じっと私の言葉を聞いていました。私が言い終えた後も、しばらく黙っていらしたのです。

どのくらい時間が経ったでしょうか。マリア先生が、なぜかとても嬉しそうに微笑まれました。

「私は今、とても感激しております。まさかアメリアお嬢様が、そこまで考えていらしたとは……。もはや、私に言うべき事は何もございません。ただ私の持てる全ての知識を、お嬢様にお伝えするだけですわ。ちなみに、この国のものとは違う作法をお教えするというのは、旦那様からのご指示ですので、ご心配なさらず」

なんと、お父様が絡んでいらっしゃったとは。一体どんな思惑がおありなのでしょう？　とても気になりますが、今はそれ以上に嬉しくて、ついつい頬が緩《ゆる》んでしまいます。

いえ、気を抜いてはいけませんね。今、ようやくスタートラインに立ったところなのですから。言葉だけでは信頼は得られないと、さっきメルベル先生の授業で実感したばかりではありませんか。ならば、余計な事は考えず、今日の授業に全身全霊で挑む事にしましょう。

何より、マリア先生から発せられるやる気を感じて、私の心も奮《ふる》い立っているのです。他の事を考えようとしても、中途半端にしか考えられないでしょう。やはり、ここは授業に集中するのが最善の策ですね。

「マリア先生、改めまして、宜しくお願い致します」

「はい、宜しくお願い致します。今の挨拶《あいさつ》は、これまでで一番良かったですよ。ただ、腰を折る角度や腕の位置など、まだまだ改善する余地があります。一つずつ確実に覚えていきましょう」

「はい！」

私は笑顔で返事をします。

マリア先生の教えてくださる作法が私の理想に近いというのは、本当に幸運でした。

さぁ、気合を入れて授業に臨みましょう！

第四話　母の心配

「お嬢様、お疲れ様でした」

授業を終えて自室に戻った私に、ナタリーが労《ねぎら》いの言葉をかけてくれます。

「ありがとう、ナタリー。確かにかなり疲れましたが、これほど心地よい疲れは初めてです。だからこそ、明日からまた一段と頑張ろうと思っていますわ」

私の言葉に、にこっと微笑んでくれるナタリー。

「はい、私も少しでもお嬢様のお力になれるよう、微力を尽くさせていただきます」

「嬉しいわ。これからも宜しくね」

深々と頭を下げたナタリーに、そう声をかけます。

多分、まだ心から信頼してくれているわけではないでしょう。昨日までの事を思えば、むしろすぐに信頼していただける方がおかしいというものです。

ただ、信頼しようと思ってくれているのは感じます。少なくとも、そう思ってもらえるだけの努力をしたという自負はありました。このまま続けていけば、他の人たちの目も変わるのではないかと思います。

何事も後ろ向きに考えるより、こうして前向きに捉えて頑張るように致しましょう。

自室で一休みした後、夕食を取るために食堂へ向かいます。やりたい事、やらなければならない事が山積みではありますが、まずは家族との仲を深める事から始めるとしましょう。

今までの事を思えば、お父様だけは無条件で味方をしてくださるような気がしますが、楽観して失敗するのは避けたいですからね。

それというのも、前世の私も基本的に楽観するタイプではなかったのですが、つい油断してしまった時は、尽《ことごと》く失敗していたのです。

こういう時、前世の記憶は本当に助かりますね。反面教師になりますから。

さぁ、食堂に着きました。

それでは気合を入れて臨むと致しましょう。

夕食の時は朝食と同じく、家族全員が顔を揃えます。昼食だけ別々にしているのは、お父様には執務があり、お母様も日中はお茶会などでお忙しいからです。

そんなわけで、基本的に朝食と夕食の時以外は、あまり顔を合わせる機会がありません。

それにしても、ちょっと不思議に感じますね。一日三食というのは、前世で過ごした日本の習慣と同じです。

確か中世ヨーロッパでは、一日二食が基本だったはずですのに。もちろん、この世界は中世ヨーロッパに似ているだけであり、違うところもあって当然なのですが……

ただ、そもそも前世の私はそれほど歴史に詳しくなかったからですね。根本的に思い違いをしている可能性もあります。

うーん、それでも何か肝心な事を思い出しそうで思い出せないような、そんなもどかしさをずっと感じておりました。

……と、つい考え込んでしまいました。上の空で食事をするだなんて淑女《しゅくじょ》としてありえませんし、後で考える事にしましょうか。

家族と挨拶《あいさつ》を交わし合い、それぞれの席に着いたところで、お母様がこんな事をおっしゃいました。

「アメリア、今日の貴方はなんだかおかしいという報告を受けていますが、本当にどうしたのです？」

どこか心配するような、何か疑っているような、そんな口調です。

確かに昨日までの私と比べると激変しておりますし、使用人の方々もさぞかし驚いている事でしょう。彼らからの報告が、お父様とお母様に一つも上がっていない方が不自然です。

そう考えながら口を開こうとすれば、それよりも早くお父様がおっしゃいます。

「まぁまぁ、アメリアはただいつもより頑張っているだけじゃないか。ここは親として温かく見守ってあげようよ」

「温かく見守っていられる程度の変化ではないでしょう？　確かに良い方向に変化しているのならば、普通は黙って見守るのが正しいのかもしれません。ですが、物事には限度というものがございます。これでは、まるで中身が別人と入れ替わったようではないですか！」

のほほんとしているお父様に対して、どんどんヒートアップしていくお母様。

そんなお母様のお姿を見て、お父様は完全にたじたじになっています。

「あ、いや、その……キャシー、落ち着いて」

「これが落ち着いていられますか！　そもそもですよ、私がアメリアの行動を見かねて注意しても、貴方は『子供のやる事だから』などと言って、アメリアの味方ばかりしていらっしゃるではありませんか！　今回の件だって報告が上がるたびに、貴方はのらりくらりとごまかして。何を考えているのか知りませんが、私は貴方を信頼してこれまで黙っていたというのに……ああもう、知りません！」

「ま、待ってくれキャシー！」

「ついて来ないでください！　ついて来たら、私は一生口を利きません！」

いつもの飄々《ひょうひょう》としたお姿からは考えられないほど、真っ青になって椅子から立ち上がるお父様。

ですが、お母様の言葉を聞いて、そのままピタリと固まってしまわれました。

感情を吐き出したお母様は、私をじっと見つめていましたが、やがて、ふいっと視線を逸らして退室なさいます。

お母様の反応を見るに、前世の記憶が蘇《よみがえ》った事には気付いていないとしても、私がおかしいという事は確信なさっているのでしょう。

ですが、本当の事を話しても余計に心配をかけてしまうでしょうし、理想の淑女《しゅくじょ》を目指すと決めた以上、それに向けて努力する事にしましょう。

結局、その後は暗い雰囲気の中で食事をする事になってしまいました。お父様が絶望的な表情をなさっているので、会話すら交わせなかったのです。家族仲を少しでも改善できればと思っていましたが、そう上手くはいかないものですね。

これは、本当に腰を据えて臨まねばならないようです。焦って失敗する事は避けたいので、急がば回れの精神で臨むつもりです。

全く楽しくない食事が終わり、そのまま自室に戻ったら、睡魔が襲ってきました。どうやら自分で思っていた以上に疲れていたようです。

「体を壊しては元も子もありませんから、早めに休むとしましょう」

そう呟《つぶや》きますが、すぐに眠るわけには参りません。予習復習をしなければなりませんし、色々と整理しておかねばならない事だってあります。

ただ少しだけリラックスしたかったので、ナタリーにお茶をお願いしようと思い、すっと視線を向けます。

するとナタリーが私の視線に気付いて、一歩下がりました。それと同時に、前世で耳にしたパーソナルスペースという言葉を思い出します。

他人に入られると不快に感じられる空間の事で、親しい間柄になればなるほど、その面積は狭くなるとか。

たった数歩分の距離ではありますが、ナタリーとの心の距離を見せつけられているようで、どうしても切なくなってしまいます。ですが、彼女との仲が少しも縮まっていないわけではないと思うのです。

「今日もありがとう、ナタリー」

自然とそんな言葉が出てきました。ナタリーはためらうような素振《そぶ》りを見せた後、恐る恐る聞いてきます。

「……あの、今日一日考えていたのですが、本当にアメリアお嬢様なのでしょうか？　お茶を召し上がっていただくたびに喜んでくださるのは嬉しいのですが、今までのお嬢様とはあまりに違いすぎるので……。今だって、いつもはお見せにならないような表情を浮かべていらっしゃいますし、そもそも、お嬢様が私を労《ねぎら》ってくださるのは初めてですし……はっ、とんだ御無礼を！　失礼致しました！」

率直な思いを口に出した後、真っ青になって頭を下げるナタリー。

けれど私はそのおかげで、彼女が色眼鏡を掛ける事なく私を見てくれていた事に気付きました。

それが嬉しくて、涙が出てきてしまいます。ですが、淑女《しゅくじょ》たるもの人前に泣き顔をさらすわけには参りませんからね。涙を拭《ぬぐ》い、深呼吸をしてから口を開きます。

「私は私ですわ。今までの私も、今日の私も。胸に抱いている思いは違いますが、ただそれだけの事。そのせいで変わったように見えるのかもしれませんが、私はいつも心のままに生きております。ですから、どうかこれからの私を見ていただけませんか？」

頭を上げて、戸惑う様子を見せるナタリー。ならば、更に言葉を重ねましょう。

「すぐに受け入れなさいと言うつもりはありません。今まであんな態度を取っておきながら、急に変わった私を受け入れろというのは無茶な話でしょう。ですから、今後の私を見てくださいとお願いしているのです。……とはいえ、困惑させてしまって申し訳ない気持ちもありますので、先程の貴方の言葉は聞かなかった事にします」

「……寛大なお言葉、誠にありがとうございます。畏《おそ》れ多い事ではございますが、これからのお嬢様を見させていただきます」

そう言って、再び深々と頭を下げるナタリー。

すぐには無理でしょうが、彼女とはいずれ深い信頼関係を築ければと願っております。そのためにも、立派な淑女になる努力を惜しんではなりませんね。

淑女を目指す理由が一つ増えました。ならば、全身全霊をかけて目標を達成致しましょう。

今日は昨日よりも早く目覚めたのですが、思うように頭が働きません。昨日は予習復習もそこそこに休みましたが、それでもまだ疲れが完全には取れていないみたいです。

疲れていると何事も能率が上がらないでしょうし、急に頑張ろうとしても体がついてくるわけがありませんからね。ここは焦らず、徐々に体力を養《やしな》っていくしかないでしょう。気持ちはどうしても急《せ》いてしまいますが、無理して倒れては元も子もありません。ここはグッと我慢ですね。

「課題は本当に多いですわね」

ならば、辛くとも頑張らねばなりません。無理をせず徐々にこなしていく事も大切ですが、それと自分を甘やかしてしまう事は別物ですからね。自分に厳しいというのは、私の理想とする淑女《しゅくじょ》の条件の一つですし。

前世の記憶を持つ私は、初心を貫《つらぬ》く事がいかに困難かを知っています。だからといって、早々に諦《あきら》めていいわけではありません。

幸いモチベーションは昨日より更に上がっております。これは私にとって良い事ですね。前世では、疲れが原因でモチベーションが下がってしまう事もありました。

しかし、こうしてモチベーションを高く保てているからといって、調子に乗りすぎないように気を付けなければなりません。気持ちより先に体の方の限界が来てしまう恐れがありますからね。

ああ、でも一度は自分の限界を知るために、倒れる直前まで頑張ってみたいですね。そうしなければ、どこでブレーキをかけるべきかを正確に知る事ができませんから。

ぼんやりしている頭を働かせるために、色々と考えを巡らせてみたわけですが、これがなかなか上手くいったようです。頭はだいぶすっきりしていますし、気持ちの面でも良い状態になれたように思います。これは今後も継続していく事にしましょう。

そこで、ノックの音がしました。

「おはようございます、お嬢様」

「おはよう、ナタリー。すぐにそちらへ向かいますわ」

扉の向こうにいるナタリーにそう返し、ベッドから下りてリビングへ向かいます。

歩きながら、ふと部屋を見回しました。

王女様の部屋に比べれば、それほど豪華絢爛《けんらん》というわけでもありません。ですが、前世の私が長く住んでいたアパートの部屋と比べれば、圧倒的に広くて豪華だと言えます。

恐らく前世の私がこの部屋を見たら、絶句して固まってしまった事でしょうね。ふふふ、なんだかおかしくなって、つい口元が緩《ゆる》んでしまいました。

こうして前世との違いを考えるのもなかなか楽しいですね。今の自分がどれほど恵まれているかを思い知るための良い材料となりますので、前世の記憶が蘇《よみがえ》って本当に良かったと、改めて思います。

さぁ、前世の事を考えるのはこのくらいにしましょう。淑女となるには毎日の積み重ねが大事ですし、三日坊主とならぬよう気合を入れ直さなければ。

「なぜ、お母様がいらっしゃるのでしょう？」

あまりにも意外で、ついそんな言葉が口から出てしまいました。これは大失態です。淑女を目指すのならグッとこらえて、別の言葉を選ぶべきでした。

ですが、まさかマリア先生の授業が行われる部屋で、お母様が待ち構えていらっしゃるとは思わなかったのです。

今日は盛装して行儀作法の練習をする事になっていますから、私もマリア先生も着飾っております。それはいいとして、なぜお母様まで着飾っていらっしゃるのでしょう。まさかこのまま授業に参加なさるおつもりなのでしょうか？

「あら、何を驚いているの？　貴方の変化について、色々と報告を受けていると言ったわよね？　立派な淑女《しゅくじょ》を目指すなどと、今までの貴方なら絶対に言わないであろう言葉を口にして、しかも授業にも真面目に取り組んでいる。母親として心配するのは当然じゃないかしら？」

心配しているというより、明らかに怪しんでいらっしゃるお母様。それも当然ですわね。お父様はともかく、弟やナタリーも私の変化にまだ戸惑っているようですから。

屋敷の使用人たちも露骨に顔に出す事はありませんが、ふとした瞬間、私の変化に驚愕《きょうがく》しているのが垣間見《かいまみ》えますしね。

とにかく、お母様が私を心配なさるのは意外でもなんでもありませんし、おっしゃっている事もごもっともです。ならば、改めて私の気持ちをお伝えしておきましょう。

「単純に、立派な淑女になりたいという明確な目標が持てただけです。そして、そのために全力を尽くしたいと思っているのですわ」

その言葉を聞いて、すっと目を細められるお母様。無言の圧力を感じた私は、それ以上は何も言わずに、お母様の言葉を待ちます。

「貴方、本当にアメリアなの？　信じられませんわ。ラルク様は大丈夫とおっしゃっていましたが、私にはそうは思えません。ですから、こうしてここに参りました。貴方がアメリアではない何者かである可能性がある限り、看過《かんか》できませんもの」

はっきりと口になさるお母様。元々このようにはっきりものをおっしゃる方ですが、私への忠告などは、お父様が尽《ことごと》く阻止していらっしゃいました。

それを思うと、お父様の真意がますます気になりますが、今はその事を考えている場合ではございません。

「私は私ですわ。お母様」

そう言い切り、お母様の目をじっと見つめます。

お母様も黙って私を見つめていらっしゃいましたが、しばらくすると、下を向いて盛大にため息を吐《つ》かれました。

「そういうところが貴方らしくもあり、貴方らしくなくもあるのです。すぐに判断を下せないのは、母親として情けない限りですが、貴方が本当にアメリアなのかどうか、じっくり見極めさせてもらいますわ」

厳しい表情で口になさったお母様に、私は頷きます。

「承知しました。見ていてください、お母様」

すると、お母様はマリア先生と視線を交わして、近くにある椅子に座られました。やはりこの授業を見学なさるようです。

私の視線に気付いたお母様から、「何か不都合でも?」と聞かれてしまいました。

不都合?　むしろ一層気合が入りますし、望むところですわ。

「不都合など何もありませんわ。どうぞ見ていてくださいませ」

笑顔でお母様に告げ、マリア先生の方を向きます。

さぁ、頑張りましょう！


「いくらなんでも頑張りすぎではありませんか？　何事もやりすぎはよくありませんよ」

「はい……言葉もありません」

お母様の言葉に、私は項垂《うなだ》れます。

急に頑張りすぎたせいか、情けなくも足をつってしまいました。きっと、今までの私の怠慢《たいまん》が原因ですね。

見た目重視の重いドレスはただでさえ動きづらいというのに、無理をしすぎました。足がプルプルと震えていても、なんのこれしきと思って余計に躍起《やっき》になってしまったのです。

授業時間はまだ半分ほど残っておりますが、ここで中止となってしまいました。悔しくて仕方ありませんが、今回の失敗を教訓として今後に活かすとしましょう。

……なんてまた気合を入れ直していたら、そんな私を見ていたお母様から「もっと自分を大事にしなさい」と怒られ——というより、心配されてしまいました。

思わず頬が緩《ゆる》みます。

「アメリア？　何をニヤニヤしているの。私は本気で心配しているのですよ！」

「す、すみません。その、心配してくださっている事が伝わってきて、その、すごく嬉しくて……」

あああ、はしたなくも素直な気持ちを口にしてしまいました。これでは立派な淑女《しゅくじょ》になるなんて夢のまた夢ですわね。

そう思って凹《へこ》んでいましたら、お母様のお説教が止《や》みます。不思議に思って視線を上げてみれば、そこには顔を真っ赤に染めたお母様の姿がありました。

私がびっくりして固まっておりますと、お母様はぷいっとそっぽを向かれます。

「と、とにかく、あまり無理をしすぎないように！」

早口でそれだけおっしゃると、そのまま部屋から出て行ってしまいました。

えっと……なんでしょう。上手く言葉にできませんが、とても温かな気持ちで満たされ、体中が熱いです。

なんにせよ、お母様にご心配をお掛けするような真似は、今後絶対にしないように致しましょう。

第五話　精霊様の集まる土地

前世の記憶が戻って、早一か月。生活の変化に慣れ、家族や使用人との関係も徐々に良好になって参りました。

そんな中、今年も精霊様の集まる『聖域』に出向く時期がやってきました。精霊様に気に入られる可能性が高いという理由で、十歳から十五歳までの子供を集めて、年に三回、特別なお茶会が開かれるのです。

実は、すっかり忘れていました。今まで一度も忘れた事がなかったのに……

私はそのお茶会には毎回張り切って参加していました。なぜなら、私の婚約者様も必ずいらっしゃるからです。きっと今回もいらっしゃる事でしょう。

「憂鬱《ゆううつ》ですわ」

自室にて、思わず呟《つぶや》いてしまいました。

私の婚約者は、この国の王太子であらせられるシュヴァルツ・ノッテン＝フィルドバック＝ステイ＝バルドーグ殿下。赤い髪と瞳が特徴的で、将来はさぞかし素敵な男性になるだろうと思われる美少年です。けれど、私はここ数年、彼の笑顔を見た事がありません。

というのも、私が彼に嫌われているからなのですが……今になって考えると、仕方のない事だと思います。

彼が不機嫌さを全開にしているにもかかわらず、しつこくまとわりついていた私。さぞかし不快だった事でしょう。

きつい言葉を投げつけられてしまった事もありますが、私はそれすらも「格好良い」などと言って喜ぶ始末。これで彼に好かれていたら、逆に恐ろしいというものです。

恋は盲目と言いますが、思い出せば思い出すほど、穴があれば入りたくなってしまいますね。

「いつからでしょう、殿下の笑顔を見られなくなったのは」

思い出そうとしても記憶がぼやけてしまっていて、思い出せません。とはいえ、かなり昔の事ですから、はっきりと覚えている方がおかしいというものでしょう。

ですが、よくよく考えてみれば、殿下の態度はある日突然変わってしまったような気もします。

殿下は十歳の時に精霊様に気に入られたのですが、ちょうどその直前あたりが一番ひどくて、話し掛けても完全に無視されておりました。

それに対しても、当時の私は「クールだわ」とか「照れ屋さんだわ」などと受け取っていたのですよね。……全く、あの頃は頭の中がお花畑だったとしか思えませんわ。

考えても気が滅《め》入《い》るだけですから、もうやめましょう。思考を切り替えるためにも、ナタリーにお茶を淹《い》れてもらう事にします。

「ナタリー、お茶の準備をお願いします」

「承知しました」

そう言って部屋を出ていくナタリーを見ながら、また過去の事を思い出し、ついため息が出てしまいました。全く、殿下に対するあの情熱は、一体どこから湧いていたのやら。

といっても、今思えば殿下の事を本当に好いていたわけではなく、ただ恋に恋していただけなのでしょうけど。相手の反応をちゃんと見ようともせず、自分にとって都合の良い解釈ばかりしていましたからね。

しかし、今や殿下に対して好きというほどの気持ちはありません。今度のお茶会でお会いしたら、どう接するべきでしょうか。

相手は未来の国王陛下ですから、これ以上自分の評価を落とすわけには参りません。かといって、急に態度を変えて不審に思われるのも避けたいところです。

幸い殿下が精霊様に気に入られて以降、なぜか私を無視なさる事はなくなりました。ですから、お話くらいはしてくださるかもしれません。

……なんて、考えまいと思ってもついつい考えてしまいますね。

そう思って苦笑していましたら、良い香りが漂《ただよ》ってきます。

「お嬢様、お待たせ致しました」

お茶を運んできたナタリーに、笑顔で頷きます。

さぁ、今日もやらねばならない事がたくさんあります。上手く気持ちを切り替えて頑張りましょう。


「お姉様、最近浮かないご様子ですが、悩み事でもおありですか?」

すっかり恒例になった姉弟揃っての昼食の席で、弟から心配そうな顔で言われてしまいました。

また今度のお茶会の事を考えておりましたので、図星なのですが……ラクサスに胸の内を明かすわけにはいきません。

そうそう、ラクサスは今度のお茶会でデビューする予定なのです。その事も気になっておりましたし、この機会に話をしてみましょう。

「今度のお茶会の事を考えていたのです。ラクサスもいよいよお茶会デビューですね。私と違って、精霊様に気に入っていただけると思いますよ」

その言葉に、ラクサスが不安げな表情を浮かべます。

「お姉様でも無理なのですから、自信がありません」

「大丈夫です」

間髪《かんはつ》を容《い》れずに、私は言い切りました。

そんな私を驚いて見上げるラクサスに、にっこりと微笑みかけます。

「きっと貴方なら大丈夫。それに、貴方の人柄の良さは皆が知っておりますから、万が一精霊様に気に入られなくとも、なんら問題はありません。もちろん、気に入っていただけるに越した事はありませんけれど」

私の言葉に、照れた様子を見せるラクサス。

ラクサスが精霊様に気に入られないわけがありませんから、杞憂《きゆう》だと思いますけどね。

ええ、なぜだか分かりませんが、もはや確信していると言ってもいいほどの予感がしているのです。精霊様はとっても気まぐれなので、人間性がどんなに良かろうと見向きもされなかったり、逆にとんでもない悪人でも気に入っていただけたりするというのに、どうしてでしょう。

「ありがとうございます、お姉様。精霊様に気に入られなかったらどうしようって思っていたのですが、あまり気にしすぎないようにします」

明るい弟の声で、現実に引き戻されました。

慌てて笑顔を作り、「それがいいですね」と返事をします。

考えるのは後にしましょう。気にはなりますけど、今は他に考えるべき事がたくさんありますし。

急に変わってしまった私に対して、精霊様たちがどう反応なさるか怖くもあります。気を引き締めてお茶会に臨むとしましょう。

「誠に申し訳ございませんでした。アメリア様」

ドレスやアクセサリーが散乱する私の部屋で、侍女たちが恐縮しきった様子で頭を下げます。

お茶会用のドレス選びのために、散々着替えさせられた私は、ぐったりしながらそれを見ていました。

いいえ、最初は私もノリノリだったのですが、着せ替え人形のように次々とドレスを着せられて、すっかり疲れてしまったのです。

側仕《そばづか》えのナタリーはさすがに空気を読んで、休憩を入れてはどうかと提案してくれましたが、他の侍女は聞き入れませんでしたからね。

もしや私が何も言わないのを良い事に、今までの不満をぶつけている？　とさえ思ってしまいましたが、この侍女たちの様子を見るに、良かれと思っての行動だったみたいです。精霊様の集まる聖域でのお茶会は、十歳から十五歳までの子供にとって、何よりも重要な行事ですからね。

別に着飾ったからといって精霊様に気に入っていただけるわけではないのですが、衣装の豪華さは家のメンツにもかかわります。だからこそ侍女たちも気合が入るのでしょうから、彼女たちを怒るわけにはいかないですね。

「お父様とお母様のご命令ですから、謝っていただく必要はありません。ですが、次回からはもう少し手加減してくださいね」

もう立っているのもきつくて、椅子に座りながらそう口にします。

お嬢様というのも結構大変なものですね。色んなお勉強や習い事で、毎日忙しいですし……もちろん、それも真面目にやっていればの話ですが。

未だ頭を下げたままでいる侍女たちを見つつ、そんな事を考えます。

「もう頭を上げてください。当日も宜しくお願いしますね」

明日から馬車で聖域に向かうわけですが、何が起きても大丈夫なように、心の準備をしっかりしておかねばなりません。


精霊様の集まる聖域は国内に四か所ありますが、お茶会が開かれるのは、ランドーク家から馬車で三日ほどかかる大森林です。

三日間馬車に揺られ、その大森林に辿り着いた瞬間——まるで全身を雷に貫《つらぬ》かれたかのような衝撃を受けました。ある重大な事実に気付いてしまったからです。

ハッと息を呑んで固まった私に、馬車に同乗している家族の視線が集まりました。

そして、お父様が口を開きます。

「どうしたんだい、アメリア」

「な、なんでもありません」

動揺のあまり、どもってしまいました。

心配そうな表情をなさるお母様とラクサス。心配をかけたくはないのですが、とても人に説明できるような内容ではありません。

「なんでもない風には見えないよ。遠慮せず話してごらん」

優しい口調でおっしゃるお父様。

私はどうしたものかと頭を捻《ひね》りますが、この場を上手くやりすごす方法が何も思い浮かびません。

そこで、一か八か咄嗟《とっさ》の言い訳を口にしました。

「じ、実は忘れ物をしてしまいまして。あっ、でも、別に大事なものを忘れたというわけではないのです。お茶会のために準備しておいたお気に入りのハンカチを、うっかりテーブルの上に置き忘れてしまって……。心配をおかけしてしまい申し訳ございません」

何と苦しい言い訳でしょうと、自分でも思います。

ですが、家族は「なんだそんな事か」とばかりにほっとした様子を見せました。

「ハンカチなど他にも持ってきているだろう？　気にする必要はないよ」

「そうですよ、アメリア。さぁ落ち着いて」

内心でどうしようと焦りを募《つの》らせていた私に、そんな言葉を返してくださるお父様とお母様。ラクサスもにっこり微笑んでくれます。

何とか上手くごまかせたので、私はホッと胸を撫で下ろしました。

お茶会が開かれるお屋敷に着くや否《いな》や、私は「外の空気を吸って参ります」と言って、一旦テラスに出ます。本来は挨拶《あいさつ》回りをするのが先ですが、お父様からあっさり許可をいただけました。

ようやく一人になったところで、先程気付いた衝撃的な事実について考えます。

「本当に、なんという事なのでしょう……」

どうやら、ここは前世でプレイしていた女性向け恋愛ゲーム——いわゆる乙女ゲーの世界だったようですね。

そう、数人いる攻略対象の中から好みのキャラクターを選び、一定期間中に選んだ行動によって、様々なエンディングを迎えるというゲームです。

なぜ急にその事を思い出したのかは分かりませんが、もしかしたら聖域という特殊な場所に来たせいなのかもしれません。

うーん、でも、ゲームの世界と言ってしまっては語弊《ごへい》があるかもしれませんね。だってこの世界はちゃんとした現実であり、ゲームはどこまでいってもゲームでしかありませんから。

私はこうして自分の思うように行動できておりますし、他の皆様だって、ご自身で色々考えて動いていらっしゃるでしょう。それをゲームの世界と言うのは違和感があります。

ただ、そのゲームとの類似点があまりに多いのですよね。

なぜゲームと似ているのかは、考えたところで答えが出るはずもないので、ひとまず考えない事にします。

「それよりも問題なのは、よりにもよって悪役キャラに転生してしまったという事ですね」

ゲームの全容を思い出したわけではなく、むしろ曖昧《あいまい》な部分の方が多いくらいです。色んなエンディングがあったというのは思い出せても、それが幾つあって、どんな内容だったかなどは覚えていません。また、ゲーム中のイベントもほとんど覚えてないのです。何よりゲームのタイトルすら、思い出せないほどですから。

それでも、自分がゲームの中ではろくでもないキャラクターであり、そしてろくでもない終わりばかり迎えていた事は思い出せました。

それと、弟のラクサスが攻略対象の一人だったという事も思い出しました。なるほど、ラクサスの笑顔を見るたびに、なんだか引っかかりを覚えていたわけです。

とはいえ、ゲームと現実で違っている部分も多いのですよね。例えばお父様とお母様は、ゲーム内では仮面夫婦という設定だったはず。ですが、現実ではあの通りラブラブです。

似ている面も多々あれど、混同してしまうのは危険でしょう。

「それに、あのゲームに精霊様なんて出てきたかしら？」

つい、そんな疑問が口からこぼれてしまいます。

そもそも、なぜこのゲームの世界に生まれ変わったのでしょうか？　確かに乙女ゲーというジャンルは好んでプレイしておりましたが、もっと好みの作品がたくさんあったのに。

疑問が次々と浮かんできて、少し目眩《めまい》を覚えます。

精霊様や殿下の事を考えるだけでも頭が痛いというのに、なぜこのタイミングで思い出してしまったのか……

何はともあれ、今は殿下と精霊様の事に集中すると致しましょう。

ふわふわと周囲を飛び交う精霊様たちを見つつ、気合を入れ直します。

「それにしても、精霊様のお姿は独特ですわね」

本来は人の目には見えないのですが、聖域では精霊様たちが自らこうして見えるようにしてくださっているそうです。

元々は形を持たない存在だからか、その姿に法則はなく、それこそ色んな精霊様がいらっしゃいますね。

人の姿をしている精霊様もいらっしゃれば、まるで植物のような姿の精霊様もいらっしゃいます。犬や猫といった動物の姿をした方もいれば、火や水のような姿の方もいらっしゃいました。

姿形を自由に変えられるので、それぞれ気に入ったお姿を取られているのでしょう。

前世の記憶を思い出した今、新鮮な気持ちで見てしまいますが、はしたなく驚くような真似はせずに済んで、ほっとしました。

さて、まずは殿下に挨拶《あいさつ》をしなければなりませんね。

そう思いつつ、テラスからガラス越しに殿下を探します。

ほどなく見つけましたが、殿下はいつものようにたくさんの方に囲まれていました。

実は到着してすぐにお見かけして、たまたま目が合ったのです。しかし、軽く睨《にら》まれてしまったのですよね。見た目が整っているせいもあってか、妙な迫力があり、つい怯《ひる》んでしまいました。

正直、挨拶に向かう気力が萎《な》えておりますし、本来、身分が低い女性から話し掛けるのは無礼に当たるのです。

殿下の方から話し掛けてくださるまで、挨拶《あいさつ》せずとも良いのでは……なんて思ってしまいました。

ですが、婚約者に挨拶をしないわけにも参りませんし、頃合を見て殿下のところへ行きましょう。

ここはもう、開き直るしかありませんわ！

なんとか考えをまとめた私は、テラスから豪華な広間の中に戻ります。

すると、たまたま近くにいらしたのか、それとも私の事を心配して近くにいたのか、お父様とお母様が声をかけてくださいました。

「おや、アメリア。だいぶ顔色が良くなったようだね」

「はい、ご心配をお掛けしました。お父様」

気分が回復した事をアピールするために、笑顔で答えます。

「良かったわ、その様子なら大丈夫そうね」

ほっとした様子のお母様に向かって、私は頭を下げました。

やはり、ゲームの中のお二人とは違いすぎますね。ゲームの記憶はかなり曖昧《あいまい》ですが、それだけは断言できます。

でも、もしかしたらルートによって、キャラの性格も色々変わっていたのかも？

……って、今はそんな事を考えている場合ではありません。

少し考え込んでしまった私をじっと見つめる両親に、これ以上心配をかけるわけにはいきませんからね。

私はお二人に笑顔を見せます。

「それでは、私は向こうへ行って参りますわ」

そう言って、子供たちが集まっているところへ向かいます。

改めて考えてみると、十歳から十五歳までの年齢が精霊様に気に入られやすいというのは、不思議な事ですね。

日本でいう高校と同じで、十六歳から十八歳までは『学園』と呼ばれる学校に在籍するのが普通なのですが、その年代ならば、まだ精霊様に気に入られる可能性がなくはありません。しかし、それ以降となると、可能性はほとんどないそうです。

夜会にデビューするのが十八歳と決まったのも、それが理由なのだとか。なんと一度でも夜会に出ると、なぜか精霊様の姿が見えにくくなってしまうのだそうです。夜会デビューした後も、見える方には見えるらしいですけれど。

なんにせよ、この国では精霊様に気に入っていただく事こそが、最重要とされています。この国の人々にとっては精霊様は神様のような存在ですからね。

精霊様に気に入られれば、神格化された存在に選ばれるという名誉に加え、実際にそのお力を貸していただけるのですから、重視されない方が不思議というものでしょう。

今の王族が代々その地位にいられるのも、一族を守護する精霊様がいらっしゃるからなのだとか。王位を継ぐための唯一の条件は、その精霊様に気に入っていただく事なのだそうです。

当初は精霊様のお力を、王族と一部の貴族のみで独占しておりました。ですが、精霊様に気に入っていただける確率が極端に低いため、やがて精霊様にお会いする機会が全貴族に与えられたという歴史があります。

何せ精霊様に気に入られている方が外交の場にいるだけで、他国より優位に立てるのですから、そうなったのも頷けますね。

何はともあれ、それらの歴史がなければ、こうして全ての貴族の子供が一つのお茶会に集まるなんて事はありえなかったでしょう。

どうやら精霊様は身分差別がお嫌いらしく、それが原因で大暴れされた過去があるのだとか。そのためもあって、このお茶会は無礼講に近いものとなっているのです。最低限のマナーはありますが、社交界の他の行事に比べると、かなり緩《ゆる》いものですね。どこかの家が主催するお茶会なんかに参加すると、色々と面倒くさいマナーがございますから。

本当に、色んな意味で特殊な国だと思います。何より、こうして精霊様と触れ合える場所が複数あるのは、この国しかないようですしね。

「さて、いい加減に考え事はやめにして、殿下にご挨拶《あいさつ》をしないと」

気持ちを切り替えるためにも、そう呟《つぶや》きます。

いくら精霊様が人間の仕来《しきた》りや常識など少しも気にせず、むしろそういったものを嫌っている節すらあるとはいえ、最低限の礼儀は必要ですから。

そんな事を考えながら、広間の中で一番大きな人だかりを目指して歩いていると、突然こんな声が頭に流れ込んできます。

『あら人間。お前、そんな色だったかしら？』

凛《りん》としているような、あどけないような、とても不思議な声です。

驚きながら声の主を探しましたが、周囲をいくら見回しても見つかりません。

『違う、こっちよ』

そう言われても、声は頭の中で響いているので、方向がさっぱり分からないのですが……

まさか……上？

ふと視線を上げると、私の半分ほどのサイズの小さな少女がそこにいました。

文字通り透き通るほど白くていらっしゃるのですが、髪は赤く、瞳は金色です。髪と瞳の色は、もしかしたら私に合わせて変えられたのかもしれません。人型の精霊様の場合、人間に話し掛ける際、そういう事をなさるケースは多いのです。私は金髪に赤目ですから、正確には逆なのですけれどね。

紺色の可愛らしい服を身にまとっていらっしゃいますが、その服も透けているところを見ると、服も精霊様の体の一部なのでしょう。

うっすらと虹色の羽が生えているのが見えます。必ずしも羽が生えているとは限らないのですが、その特徴は間違いなく精霊様のそれです。

特に、この聖域では、人型を取られる精霊様が多く、こうして羽を生やしていらっしゃる場合がほとんどですからね。

……なんて、考え込んでいる場合ではありません。今まで精霊様に自分から話しかけて迷惑そうにされた事はありますが、まさか精霊様の方から話しかけられるとは。どうしたらいいのでしょう。

というか、『そんな色だったかしら？』とおっしゃいましたよね。……えっ？　まさか私が前世の記憶を取り戻して人格が変わった事に、気付かれているのでしょうか？

『全く、私がわざわざ話しかけてやったのだから、すぐに反応しなさいよ』

不服そうに言われ、慌てて頭を下げます。

「大変失礼しました。頭に直接声が響いてきましたので、方向が分からなかったのです」

素直に口にしましたら、精霊様がポカンとした表情を浮かべられます。

なんと可愛らしいのでしょう……

『……変わってる子ねぇ。普通、もっとへりくだるものじゃないの？』

キョトンとしながらおっしゃる精霊様。

私は思わず小首を傾げてしまいます。

「精霊様は、へりくだる人間はお好きでないと聞きました。ですから、こうして普通に話しているのですが……？　無論、それがなかなかできない子もいるでしょうけど」

私の言葉を聞いて、精霊様が笑い出します。その表情は、まさに満面の笑みと言って良いでしょう。

直後、精霊様は上機嫌なご様子で私の周りを飛び回ります。

『面白ーい。分かっててもできる人間って少ないのに。というか、私が怖くないの？』

「怖い……ですか？　そんな事は一切ありませんが」

私はただ思ったままを口にしているだけだというのに、ますます上機嫌になられる精霊様。

本当に、一体全体どうしたのでしょうか？　さっぱり意味が分かりません。

『あんなきったない色をしてた人間を、どうして気になるのか分かんなかったけど……私、貴方が好きだわ！』

あまりに予想外な発言に、今度は私の方がポカンとしてしまいます。

ああ、淑女《しゅくじょ》を目指すものとして、なんたる失態……ではなくて！

「汚い色、ですか？」

他にも色々気になる事はあるのですが、最も気になる事についてお聞きしてみました。

『もう、そんな事どうでもいいじゃない！　私は貴方が好きだって言ったのよ？　貴方はどうなのかとか、名前を教えるとか、色々あるでしょう！』

返ってきたのはそんなお言葉でした。憤慨《ふんがい》するお姿も愛らしくて、思わず顔が緩《ゆる》んでしまいます。

きっとこれ以上お聞きしても無駄でしょうし、ならば、精霊様のお言葉に従いましょう。

「申し訳ございません。私はアメリア・フィン＝ハイネス＝ランドークと申します。とってもお可愛らしい精霊様」

私の言葉に、ぱぁっと表情を明るくする精霊様。

『私の名は、あえて人の言葉にすれば、フヒャヘルヒディアルミャールックフェルドってところかしら。私の事はディアと呼びなさい』

「承知致しました、ディア様」

そう応えると、精霊様が機嫌よく頷かれます。

『精霊様じゃなくて、ディアよ。言っとくけど、もう貴方とは繋がっているんだからね？』

なんと、頭の中で「精霊様」とお呼びしたのを読まれてしまいました。

そういえば、精霊様は気に入った人間と感覚を共有なさるのでしたっけ。とはいえ、よもや心の声まで読まれるとは思いませんでした。

それにしても、まさかこの歳になって精霊様に気に入られるとは。普通、お茶会にデビューした年に気に入られなければ、可能性はほとんどないというのに。

そもそも精霊様に気に入っていただける人間は、各年代で数人しかいません。すでに私と同じ年代で殿下を含めた数人が気に入られていますから、こんな事になるなんて予想もしておりませんでした。

なぜかドヤ顔をしていらっしゃるディア様に、私は再び頭を下げます。

「これは失礼致しました、ディア様」

『うむ、宜しい』

満足そうなディア様は、そのまま私の胸に飛び込んできました。

慌てて抱き止めますと、透けているのにしっかりとした感触があって、不思議な気持ちになります。

ただ、重さは見た目ほどはありませんね。むしろ「羽のように軽い」という表現が当てはまるかもしれません。

ディア様の体から、ものすごく温かなものが伝わってきます。それは体温という意味ではありません。なんだか心の底からじんわりと温かくなってきて、幸せな気持ちで満たされます。

心のままにディア様を撫でていると、それを邪魔するかのような、冷たい声が聞こえてきました。

「珍しいな、私のところに来ないなんて」

……ん？　なんだか聞き覚えのある声ですね。

一瞬そんな事を思ってしまいましたが、聞き覚えがあるも何も、さっきまで私が挨拶《あいさつ》しようとしていた方ではありませんか！

慌てて振り返ると、赤い髪をした殿下が、それ以上に濃い赤色の瞳でこちらを睨《にら》みつけていました。

……なんだかものすごく不機嫌そうなご様子。さて、どうしましょう。

『何、この小僧。私とアメリアとの蜜月《みつげつ》を邪魔するつもりなの？』

躊躇《ちゅうちょ》している私の頭に、ディア様の不機嫌そうな声が流れ込んできます。

ディア様は殿下の方を向いていらっしゃるので、その表情は分かりませんが、怒りの感情がバシバシと伝わって参りました。

これはまずいと思い、慌ててディア様をお止めしようとしたのですが……そこで殿下の前に、殿下を気に入っていらっしゃる精霊様が立ちはだかります。

『邪魔ではなく、人同士で付き合いというものがあるのだよ』

『それが邪魔だと言っているんだ！　特定の血筋の者に取りつく変わり者だから、こんな事も分からないのか？』

ディア様が乱暴な口調で、殿下の精霊様に食ってかかります。

『お前とて、人間を気に入った精霊の仲間入りをしたばかりだというのに、どの口が言う。人間と関わるならば、私の言う事は聞いておくべきだぞ』

『ほざけ、貴様！』

どんどんヒートアップしていくディア様と、殿下の精霊様。放置していればどんな大事《おおごと》になるか分かったものではありませんので、私は急いでディア様に抱きつき、その口を手で塞《ふさ》ぎました。

『むぐぅ。何をするのアメリア』

ディア様から、抗議の感情が伝わって参ります。

ですが、私は構わず言いました。

「ディア様、お気持ちはとても嬉しいです。ですが、どうかここは穏便《おんびん》にお願いします」

相変わらず抗議の感情は伝わってきますが、私を傷つけないためでしょう、ディア様は大人しくしてくださいました。

すると、殿下の精霊様が私の方を向きます。

『娘、感謝するぞ。さぁシュヴァルツ、行くぞ』

そう言って、さっさと立ち去られる精霊様。

殿下はしばらく黙ってこちらを見つめていらっしゃいましたが、結局何もおっしゃらずに精霊様の後を追っていかれました。

なんとか危機は去ったと、私はほっとします。

腕の力が緩《ゆる》み、ディア様がそこから脱け出されました。

『もう、アメリアってばひどい！　あの小僧もあいつも、私がまとめてやっつけてあげたのに！』

「やっつけちゃダメです、ディア様」

間髪《かんはつ》を容《い》れずにそう返すと、ディア様は頬を膨《ふく》らませます。

あまりに可愛らしいお姿に、たまらず再び抱きしめてしまいました。

その瞬間、ディア様から驚きの感情が伝わってきました。それが徐々に喜びの感情に変わり、ディア様がおずおずと抱きしめ返してくださいます。

もう、可愛すぎます！

「ディア様、可愛いです」

『も、もう！　私は怒っているんだから！　……でも、このままずっと抱きしめててね』

口調がどこか幼いのは、きっと慣れない人の言葉を使っていらっしゃるせいなのでしょう。精霊様は普通、言葉を必要とせず、私たち人間の話す言葉を聞いて覚えているだけなのだそうですし。王家の方に代々ついていらっしゃる精霊様などは、長い間人間と一緒にいるので、さすがに言葉遣いも見事なものです。しかし、そんな精霊様はごく少数なのです。

まぁ、気まぐれで人の言葉を覚えられた精霊様ばかりでしょうから、それは仕方ありませんね。

私はディア様が落ち着くまで、そのまま抱きしめ続けました。

結局、その日はディア様と戯《たわむ》れるだけで終わってしまいました。お茶会は子供同士の社交場という意味合いもあるので、他の子とも話をしたかったのですが……

とはいえ、精霊様に気に入っていただいた以上、その精霊様を最優先するのは当然ですからね。精霊様に気に入られた子供がその精霊様と一緒にいる場合、邪魔をしてはいけないという暗黙《あんもく》のルールもございますし。

ただ、後々思ったのですが、そのルールを当然知っているはずの殿下が、なぜわざわざディア様と二人でいる時に声をかけてきたのやら。

……まぁ、それくらい私が嫌われているという事かもしれませんね。

何はともあれ、精霊様に気に入っていただけたのは喜ばしい事なので、殿下については後で考える事にしましょう。

帰りの馬車の中で、ディア様を家族に紹介し、精霊様に気に入られたと報告しました。弟も予想通り精霊様に気に入られたようです。

とてもおめでたい事ですから、家族皆で喜び合ったのですが……私が精霊様に気に入られたとご報告した時、お父様が一瞬顔をしかめました。

次の瞬間にはいつもの笑顔に戻られたので、私以外は誰も気が付いていないと思います。喜ばしい事なのに、なぜそんな顔をなさったのでしょう。

それにディア様の方も、お父様を見たら不機嫌になられたのです。二人はお知り合いなのでしょうか？　気になりますが、そんな事を気にしている場合ではありません。

なぜかというと――

「ディア様は、聖域に残られなくて大丈夫なのですか？」

そうなのです。他の精霊様は聖域にお残りになったというのに、ディア様は未だ私と共にいらっしゃいました。

精霊様が気に入った人間の傍《そば》について回られるという事例は、過去にも数件あります。逆に言えば、我が国のおよそ千年にもわたる長い歴史の中で、たった数件しかないのです。

『だから、私は貴方が好きだって言ったじゃない！』

当然のように、そんな事をおっしゃるディア様。

それと同時に、好意の感情がビシバシと伝わってきました。

「まぁ、喜ばしい事じゃないか。私としても鼻が高いよ。さすがはキャシーの子だ」

満面の笑みで、そうおっしゃるお父様。そして、そのお言葉に照れていらっしゃるお母様。

「私ではなく、子供たちを褒《ほ》めてあげてください」と返すお母様に、お父様は「二人は君の子なのに、君を褒めて何が悪いんだ」などとおっしゃっています。

全く、ご馳走様《ちそうさま》ですとしか言えませんわね。

……なんて思った瞬間、嫌悪の感情が流れ込んできました。

びっくりしてディア様を見ると、なんとお父様を思いっきり睨《にら》んでいらっしゃいます！

『あんたがアメリアの父親じゃなければ、今すぐ殴っているのに』

「ははは、これは手厳しい」

一瞬険悪なムードになりかけましたが、お父様の呑気《のんき》な台詞《せりふ》のおかげで、多少は空気が緩《ゆる》みました。

とはいえ、ディア様は未だお父様を睨んでいらっしゃいますし、言葉を発しづらい状況ですね。

お父様は飄々《ひょうひょう》としていますが、お母様はそんなお父様を心配そうに見ていらっしゃいます。

私の腕の中で相変わらず不機嫌なディア様を撫でていましたら、いつの間にかお父様がお母様の手を握っていました。

……目の前に子供たちがいるのですが、もう見えてないみたいですね。

本当はお父様に色々とお聞きしたい事があるのですが、そんな場合でもなさそうです。

ここは空気を読んで、ディア様のご機嫌取りと、どこか寂しそうにしているラクサスの相手をする事に致しましょう。


ディア様が屋敷にいらっしゃった事により、屋敷中が大騒ぎになりました。使用人たちの興奮も冷めやらぬ中、私はお父様の執務室に呼ばれます。

真剣な表情で「話したい事がある」と言われ、ただならぬ空気を感じてついていったのですが——

「殿下がいらっしゃるから、おもてなしをしろ……という事ですか？」

「うん、簡潔に言えばそうだね」

にこにこしながら、いつもと変わらぬ口調でおっしゃるお父様。

急なお話に、私は困惑の色を隠せません。

そんな私の右側には、ディア様がふよふよと浮いていらっしゃいます。

てっきり話というのは、ディア様に関する事かと思っていたのですが……なんと殿下の事だったとは。

お父様によれば、来週、殿下がわざわざ我が家にいらっしゃるそうなのです。どう応対すればいいのかとか、ディア様の事はどうすればいいのかとか、色々と疑問が浮かんできます。

『こいつ、偉そうね。アメリアの父親じゃなければ、今すぐ消し炭に変えてやるのに』

とんでもなく物騒な事をおっしゃるディア様。

さすがの私も黙っていられず、ディア様にはっきりと言います。

「ディア様。私のお父様に、そんな事をおっしゃらないでください。精霊様が決して嘘をおっしゃらない事も、自分のお気持ちに反する言葉を口になさるのが苦手な事も、存じております。それでも、どうかお願いできませんでしょうか？　もちろん、ディア様と一緒にいられるのは、私も嬉しいのです。だからこそのお願いですから、どうか勘違いなさいませぬよう」

私の言葉を聞いたディア様は、百面相《ひゃくめんそう》をなさいます。それに合わせて、色々な感情が次々と伝わってきました。

ですが、最終的には涙目になりながらも、私の胸に飛び込んでいらっしゃいます。

『分かった！　私はアメリアの嫌がる事なんてしないわ。だって、アメリアの事が大好きなんだもの！』

「ありがとうございます。私もディア様の事が好きですよ。ただ、まだ知り合ったばかりですから、これからもっと仲良くなっていければと思います」

『うん、私も頑張るわ！』

元気いっぱいで可愛らしいディア様に、つい私の頬が緩《ゆる》みます。

「まさか、アメリアが精霊様に気に入られるとはね。いや、うん、嬉しい誤算だな」

ふと、そんなお声が聞こえてきて、私はお父様に視線を向けました。

すると、お父様はいつもと同じ笑みを浮かべています。

「わけあって、私は精霊様方に嫌われていてね。とにかく、君は本当に不思議な子だな。うん、まぁ、そんな事はどうでも良いか」

何やら一人で納得されているお父様に、つい色々お聞きしたくなってしまいます。

ですが、私が口を開いた瞬間、お父様がすぅっと目を細め、首を横に振りました。

聞くな。または聞いても何も答えない、という事でしょう。

『あんたのせいで、アメリアが不安になっているでしょ？　本当に、これだから人間ってやつは……』

「ははは、思いやりや気遣いというものが、人間には必要なのですよ。それをアメリアから学ばれるとよいでしょう」

お父様のとんでもないお言葉に、びっくりしてしまいます。

精霊様を煽《あお》るだなんて、下手をすれば、この国では罰せられかねないというのに……

嫌な考えが頭をよぎって、ついディア様の様子を窺《うかが》ってしまいます。

すると、不機嫌全開だったディア様が、私を困ったように見つめました。その後、お父様を睨《にら》みつけます。

『忌々《いまいま》しい！　アメリアは私が守るわ！』

……なぜそんな結論に至ったのかさっぱり分かりません。

ディア様にも色々とお聞きしたいところですが、これ以上お父様の話の腰を折るわけにもいきませんね。

そんな思いから、お父様の方へと向き直ります。

「さっ、結論が出たところで話を元に戻そうか。殿下の事はアメリアに任せようと思うのだけど、実は陛下もご一緒に来られるらしいんだ」

お父様のお言葉に、またもやびっくりしてしまいました。

さも当たり前の事のようにおっしゃいますが、国王陛下がわざわざ一貴族の屋敷にいらっしゃるだなんて、滅多にない事です。もしかしたら、何か重大な事が起こっているのかもしれません。

「ああ、別に大した理由じゃないから、そんなに心配しなくて良いよ。殿下の相手をするのだって適当で良いから」

「……はぁ、適当ですか」

またしても、のほほんとした口調でとんでもない事をおっしゃるお父様。

私は半《なか》ば呆然としながら、そう返す事しかできません。

「万が一何かあっても、尻拭《しりぬぐ》いは私がするから。——ああ精霊様、大丈夫ですよ。アメリアの不利益になるような事は致しませんから、ご安心ください」

呆然とする私を置き去りにしたまま、話を続けるお父様。

ディア様からは不快感が伝わってきますが、もう何もおっしゃる事はありませんでした。

話が終わり、お父様から退室の許可が出ます。私はディア様がすこぶる不機嫌なのを見て、さっさと部屋から出ました。

一体何が何やらという感じですが、とにかく殿下をどうおもてなしするかを考えなければなりませんね。

いくら適当で良いと言われても、適当にできるわけがありません。

ああ、今から頭が痛いですわ。

第六話　信頼の証《あかし》

夜、私はベッドの上でぐったりしていました。

お父様から聞いた話を自分の中で消化しきれず、今日は一日中散々な状態でした。

授業に集中できなくて先生方から何度も注意を受けてしまいましたし、弟からはまた心配されてしまいました。

それだけではありません。ディア様がずっと私の周りを飛んでいらしたのですが、屋敷の者たちとすれ違うたびに思わぬ反応をされて、私は戸惑ってしまったのです。

もちろん、私とディア様の両方に挨拶《あいさつ》してくれる者もいたのですが、中にはディア様を無視して、私にだけしれっと頭を下げる者がいました。かと思えば、なぜか私たちを見て拝《おが》む者もいたのです。

別に私自身は何も変わっておりませんから、拝むのは正直やめていただきたいものですね。ディア様だけを拝むのなら分かるのですが。

まぁ、何より困ったのは、ディア様を無視して私だけに頭を下げられた時ですけどね。幸いにもディア様は気にしていらっしゃらないようですけれど。

屋敷の者たちの反応があまりにバラバラだったので、この世界の人々にとって精霊様がどういう存在なのか、分からなくなってしまいました。

『この屋敷の人間たちは、色々特殊だからね』

私の考えを読まれたのでしょうか、ディア様がそうおっしゃいます。

「特殊、ですか?」

『そうそう、原因はアメリアの父親なんだけど、あの男との盟約を破ってしまう事になるから詳しくは教えてあげられないの。うう︱、もどかしい!』

『盟約』というのは契約の一種ですが、人間同士の約束事よりずっと強力で、その内容を誰かに漏らしただけで違約となってしまうのです。なんでも、その盟約に関わる者の魂《たましい》を懸けて結ぶのだとか。

精霊様のような存在が盟約を結ぶのは珍しくないそうなのですが、人間が盟約に関わるというのは、本当に珍しい事なのです。

精霊様でも盟約を破れば命を落とす事もあり、もし人間が破れば命どころか、存在すら消されてしまうと聞きました。

盟約について詳しい事は何も解明されていないのですが、破っただけで存在を消されるとなれば、どれほど重いものなのかは容易に察せられるというもの。

とにかく、今はお父様とディア様が、とある盟約に関わっているという事実だけ分かれば十分です。

精霊様は嘘をつく事ができませんから、盟約について、いつポロリと漏らしてしまうか分かりません。ディア様を守るためにも、おかしな事は聞かないように気を付けなければ。

「盟約に関わる事であれば、これ以上は聞かない方が良さそうですね」

『ごめんね、決してアメリアが嫌いだから言いたくないわけじゃないのよ。ただ、私たちにとって盟約っていうのは、とても重いものだから……』

「存じております。お心遣い、誠にありがとうございます」

申し訳なさそうなディア様に、私は笑顔を見せました。

それにしても、お父様が精霊様と盟約を交わしていたとは……。人間が精霊様と盟約を交わすだなんて、この国の長い歴史の中でも滅多にありませんのに。

……いえ、こうして精霊様が常に一緒にいてくださる事の方が、遥かに珍しいのですけどね。

とにかく、盟約を結んでいらっしゃるのであれば、ディア様を追及すべきではないでしょう。

先生から以前教わったのですが、この国の精霊様が結ぶ盟約は少し特殊だそうで、その内容を誰かに漏らしてしまうと、他の精霊様から粛清《しゅくせい》されてしまうそうなのです。

ディア様をそんな目に遭わせるわけには参りません。

しかし、盟約を固く守られる精霊様に対して、約束事を平気で破ってしまう人間の、なんと浅ましい事か……なんて考えてしまいます。

どちらの種族にも、良い面もあれば悪い面もあるでしょうから、このような考え方は危険ですね。やめておきましょう。

色々考えておりましたら、ディア様が私の胸に飛び込んできました。

『大丈夫よ、アメリア。不安がらないで。アメリアの事は私が守ってあげるからね！』

満面の笑みを浮かべるディア様を見て、肩の力が抜けていきます。どうやら知らず知らずのうちに力が入ってしまっていたようですね。

「ありがとうございます、ディア様。さぁ、そろそろ休みましょう」

私の言葉に頷いてくださるディア様を抱きしめたまま、私は目を閉じました。

『人間の作ったものに口をつけるなんて、絶対に嫌！』

私の膝の上で、はっきりと拒絶なさるディア様。テーブルに並べられたお茶やお菓子から、ぷぃっと目を逸らされます。

そんなディア様を見て、ナタリーは青ざめながら、ひたすら頭を下げていました。

「ディア様、ナタリーの淹《い》れるお茶は絶品なんですよ。どうか召し上がってみてください」

『嫌よ、アメリアが淹れたのならともかく、他の人間が淹れたお茶なんて飲めない。アメリアも飲んじゃダメ！』

上目遣いで必死に訴えるディア様。

お茶とお菓子を勧めたのは私なのですが、この反応は予想外でした。

いえ、今までも私が飲み物や食べ物を口にするたびに、ディア様は険《けわ》しい表情をしていらしたのですから、安易に勧めた私のミスですね。

この状況をなんとかしようと頭を捻《ひね》りますが、良い考えは浮かんできません。

「どうしてそんなにお嫌なのでしょう？」

理由が分からなければ対応できませんので、率直にお聞きしてみました。

すると、ディア様がナタリーをキッと睨《にら》みつけます。

そのせいで、ナタリーはますます恐縮してしまいました。

『人間なんて信用できないもん！　あっ、アメリアは別よ！　でも、私にとって特別なのはアメリアだけ。普通の人間の事は平気で嘘をついたり、理由もなく同族を貶《おとし》めたりする種族だと思っているの。そんなの信用しろという方が無理じゃない。こいつらのせいで、どれだけ多くの仲間が涙した事か！』

どんどん白熱していくディア様。

私は見かねて、ナタリーを守るように前に立ちはだかります。そしてディア様を優しく胸に抱きました。

するとディア様は困惑した表情を浮かべられます。

「ディア様、種族で差別なさるのはおやめください。それに、私は特別でもなんでもないのですよ。立派な淑女《しゅくじょ》を目指しているとはいえ、今はただの小娘でしかありません。その証拠に、私が大切に思っている人に対してそのような事を言われて、悲しみと怒りを感じております」

その言葉に、ディア様が目を見開きます。そして、焦った様子でおっしゃいました。

『私はアメリアのためを思って言ってるの！』

「ありがとうございます。ですが、それは余計なお世話というものですわ」

『何よ何よ！　この人間がそんなに大事なの⁉』

「もちろん大事です。だからこうして庇《かば》っているのですよ、ディア様」

目に涙を浮かべて私を睨むディア様。別に喧嘩《けんか》をしたいわけではないので、どうしたものかと私は頭を悩ませます。

ディア様はこれまで私が食事をするのを、眉をひそめながらも黙って見守っていらっしゃいました。恐らく、人間がものを食べないと生きていけないと知っているからこそ、我慢してくださっていたのでしょう。

その我慢が限界に達して感情が爆発したのなら、気持ちを逆撫でしないよう、言葉を選んで説得した方が良さそうですね。

そう思って口を開いたところで、ナタリーが言います。

「精霊様、アメリア様、誠に申し訳ございません」

「謝らないでください、ナタリー。ここで貴方が謝ってしまうと、おかしな事になります。貴方は謝らなければならない事など、何もしていないでしょう？」

ナタリーは自分が謝る事で、この場を収めようとしたのでしょう。気持ちは分かりますが、それでは駄目なのです。ですから、私はナタリーにきつめに言い返しました。

そして体ごとナタリーの方を向き、胸に抱いているディア様とナタリーが向かい合ったのを確認したところで言葉を重ねます。

「ディア様、お願いですから、種族だけで個人の性格まで決めつけるのはおやめください。もちろん、種族の特性に当てはまる者は多いでしょうが、そうでない者もいるのはご存知でしょう？　そうでなければ、こうして私を気に入ってくださる事もなかったはずです。ナタリーも、精霊様というだけで一括《ひとくく》りにしてはなりません。少なくとも、ディア様は私を気に入ってくださったのです。その部分だけを見ても、他の精霊様とは違うでしょう？　お二人とも、私は間違った事を言っていますか？」

そうやって問いかけてみると、お二人は困惑した様子を見せました。それでも、このまま私の言葉を聞いてくださるようです。

そう思うと、私の顔に自然と笑みが浮かんできました。

「今すぐ態度を改めるのは難しいでしょうが、少しでも私の事を想ってくださるのでしたら、どうか仲良くしてくださいませんか？　ちゃんとお互いの性格を見極めた上で、どうしても合わないとおっしゃるのでしたら、それは仕方ないと思います。ですが、私はお二人を好いておりますので、お二人の関係が良好になると、誰より私が嬉しいのです。ですから、改めてお願いします。どうか、きちんとお互いの事を見てはいただけないでしょうか？」

どうしても曲げられぬ想いは、私にだってあります。例えば「お前には無理だから淑女《しゅくじょ》を目指すのはやめろ」と言われても絶対にやめません。

ですが、常に身近にいるお二人の間でいざこざがあると、私自身の気が休まらないのです。精霊様の意向に反するのは、この国ではタブー。ですからディア様にあまり無理強《むりじ》いしたくはありませんが、私と共にいらっしゃる以上、ある程度は我慢していただかねばならないのです。

しばし考え込んでいたディア様ですが、やがて重々しく口を開きました。

『……アメリア、一つ訂正させて頂戴』

「はい、なんでしょう？」

私は居住まいを正し、気を引き締めます。

『私は貴方をただ気に入っただけではなくて、好きになったの。この程度の事で貴方のもとを去るほど弱い想いではないのよ。だから、貴方の言葉を聞き入れるわ。さぁ、ご褒美《ほうび》に撫でて』

そのまま私にぎゅっと抱きつくディア様。

「ディア様、ありがとうございます」

そう言ってディア様を抱きしめ返した私ですが、とある疑問を抱きます。

「……精霊様がこれと決めた人間のもとを去られる事もあるのですか？　私は聞いた事がありませ

んが……」

先生からもそのような事例について教わった事がありませんので、困惑しつつ尋ねました。

すると、ディア様はキョトンとなさいます。

『あれ？　知らないの？　確かに最近はないけど、この国ができたばかりの頃はたびたびあったわよ。ただ気に入った程度ならば、気に入らなくなれば離れるのは道理でしょ』

そう言われれば、確かにその通りだとも思えます。

「でしたら、さっきの発言がもとでディア様が私のもとを去ってしまっても、おかしくなかったのでしょうか？」

つい思った事を素直に口に出してしまった私に、ディア様がおかしそうに笑います。

『だから、私はただ気に入っただけじゃなく、好きになったって言ったでしょう？　この程度の事で離れるなんて、ありえないわ。貴方もそれを知ってて、ああ言ったのだと思っていたのに……これじゃあ、ますます貴方を好きになっちゃうじゃない！』

面白そうにおっしゃるディア様の様子を見て、私は首を傾げます。でも結果オーライなら、些細《ささい》な事はどうでも良いと思いました。

それに、ディア様の私に対する気持ちがどんなものであれ、私は態度を変えられないでしょう。こういう率直な性格ですし、相手の様子を見て態度を変えるというのは、私の目指す淑女からはズレている気もします。

とはいえ、もしディア様が単に私を気に入ってくださっているだけだったら、早々に見切りを付けられてしまった可能性もありますね。そう考えると、私はかなり幸運なのでしょう。万が一、精霊様の機嫌を損ねてしまったら、一体どんな目に遭うのでしょうか。ちょっと想像がつきませんね。この国の歴史の中に、気に入ってくださった精霊様に見捨てられたという話は出てきませんから。

まぁ、そういう話があったとしても外聞《がいぶん》の悪い情報として、徹底的に隠蔽《いんぺい》されている可能性もありますが。

なんにせよ、ディア様が私を好いてくださっている以上、気にする必要はなさそうですし、今は精霊様に好かれているという事実を素直に喜びましょう。

なんて考えていたら、ナタリーが居心地悪そうにしているのが目に入ります。

あらいけない、ディア様の事ばかりに気を取られて、ナタリーの事を放置してしまいました。

私は慌ててディア様に言います。

「ディア様、ナタリーの淹《い》れたお茶を召し上がってみませんか？」

すると、ディア様が複雑な表情を浮かべました。

そんなディア様を見て、ナタリーはオロオロしています。

どうしようかと思っていた私ですが、ふと名案が閃《ひらめ》きました。

「では、私とナタリーが二人で淹れたお茶ならいかがでしょう？」

「アメリア様!?」

『それなら大丈夫よ！　むしろ、アメリアが淹れてくれたお茶なら飲みたいもん』

驚きの声を上げるナタリーと、嬉しそうな声を上げるディア様。

私は笑顔で頷きます。

「これで万事解決ですね」

「アメリア様！　どこの世界に、主《あるじ》にお茶を淹れさせる侍女がいますか！」

「あら、別にいても良いでしょう？　何より主である私が手伝うと言っているのですし、精霊様も賛成してくださっているのですから」

ほんの少しだけナタリーに申し訳ない気持ちもありますが、それ以上に楽しくなってしまいました。

こんな事では、淑女《しゅくじょ》なんて夢のまた夢ですが……ディア様を納得させるためですから、仕方ありませんよね。

『そうそう、主の命令は絶対なんでしょう？　せめてアメリアの命令に従う姿を見せてくれれば、私も貴方の事を少しは信用できるかも』

私に追従してくださるディア様ですが、それは少し訂正せねばなりません。

「違いますよ、ディア様。命令ではなくお願いですから、ナタリーは拒否しても良いのです。それに、厳密に言えばナタリーの雇《やと》い主はお父様。ですから、その娘である私の命令には、必ずしも従う必要はないのです」

『えっ、そうなの？　人間って、やっぱりややこしいわね』

眉をひそめて唸《うな》るディア様。

それを見て苦笑いした私は、改めてナタリーに声をかけます。

「ナタリー、どうか私に手伝わせてくれませんか？　ディア様の信用を得るまでの間だけですから、お願いします」

ナタリーは小さく息を吐き出した後、仕方がないといった様子で口を開きます。

「分かりました。アメリア様と精霊様のご意思とあらば、私ごときに拒否などできようはずもありません。不肖《ふしょう》の身なれど、ご期待に添えるよう、精一杯務めさせていただきますわ」

その言葉を聞いて嬉しくなった私は、同時にある事を思いつきました。

「つまり、ナタリーは私のお願いを聞いてくださるのですね？」

「はい、左様でございます」

穏やかに言うナタリー。

きっと私は今、腹黒い笑みを浮かべている事でしょう。内心で「はい、言質《げんち》を取りました」なんて思っているのですから。

「という事は、これからは私とディア様と一緒に、お茶を楽しんでくださいますね？」

「えっ!?」

驚いているナタリーが少し可哀想ですが、ここは畳み掛けるとしましょう。

「あら、私のお願いを聞いてくださるのでしょう？　いつも、一人でお茶を楽しむのはつまらないと思っていたのですよね。もちろん、私とディア様と三人の時だけで良いので、お願いします。その方が、ディア様も貴方の人柄を見極めやすいでしょうし……いかがでしょう？　ディア様」

『うん、私も別に構わないわ』

私の気持ちを察してくださったのか、ただ機嫌が良いだけかは分かりませんが、ディア様も頷いてくださいました。

ですが、当のナタリーは大いに戸惑い、「えっと」とか「あの」しか言えない様子です。

確かに使用人が主《あるじ》と同じテーブルにつくだなんて、普通なら絶対にありえない事です。それどころか、バレれば醜聞《しゅうぶん》になりかねません。

ですから、もしナタリーに拒否されてしまったら、大人しく諦《あきら》めようと思います。

けれど、やがてナタリーは苦笑いしながらも、こう言ってくれました。

「……分かりました。そうすれば精霊様が私を信用してくださると言うなら、ご命令に従いましょう。アメリア様にお茶を淹《い》れるのを手伝っていただくのは、一刻も早くやめていただきたいですし」

「ナタリー！」

私はとても嬉しくて、叫びながら抱きついてしまいます。

ああ、はしたない真似をしてしまいましたわ。人間、舞い上がると自分を制御できなくなるものなのですね。

きっとナタリーは内心、激しく葛藤《かっとう》した事でしょう。彼女に後悔させないためにも、全力で二人の仲を取り持たなければなりませんね。

『私をそっちのけにしちゃダメー！』

ディア様がパタパタと飛んできて、私とナタリーの間に無理矢理入ってこられます。

その姿があまりに愛らしくて、ついクスクスと笑ってしまいました。

「申し訳ございません、ディア様。さぁナタリー。お茶の淹《い》れ方を私に教えてくださいませ」

「承知しました、アメリア様」

『私も傍《そば》にいるからね！』

「もちろんですわ、ディア様」

ディア様を抱き上げ、そのままナタリーに続いて近くにある簡易な台所へと移動します。

初めて中に足を踏み入れましたが、お料理もできるくらい広くて立派ですわね。お茶を淹れるためだけに使われているのがもったいないと思ってしまいます。

ああ、それにしてもこれからお茶を淹れると思うと、前世での事が思い出されますね。得意というほどではありませんでしたが、お茶を淹れたりお菓子を作ったりするのが好きでしたから。

いずれは、お菓子作りにも挑戦したいものです。

いよいよ、陛下と殿下がいらっしゃる日がやってきました。屋敷中がにわかに騒がしくなります。

そりゃ国王様がいらっしゃるのですから、普通でいられるわけがありません。けれど、ディア様だけはいつもと変わらず、私の自室でふよふよと浮かんでいらっしゃいました。

「お願いですディア様、どうか隠れていてくださいませんか？」

姿を隠すつもりの全くないディア様に、私は必死に懇願《こんがん》します。

『えー、別に小僧どもに見られても良いじゃない』

ディア様がここにいらっしゃる事は、屋敷の者たちしか知りません。混乱を避けるためにも隠れていていただきたいのですが、私の傍を離れるのは嫌だとおっしゃるのです。

どうしたものかと私は頭を捻《ひね》りますが、こうして一旦ゴネ始めると、なかなかお願いを聞いてくださらないのは承知しております。

すると、ナタリーが恐る恐るといった様子で進言してくれました。

「……殿下がいらっしゃる間だけ、お姿を消すという事はできないのでしょうか？　フェル様」

フェル様というのは、ディア様がナタリーに許可した自分の呼び名です。この数日の間に二人はすっかり仲良くなり、ディア様からそう呼ぶようにとおっしゃったのでした。

呼び方が二つあってややこしいですが、なんでもディア様というのは私専用の呼び方なので、他の人間には呼ばせたくないのだとか。

それにしても、姿を消すというのは良い案かもしれません。確かに精霊様ならできそうですし。

思わず期待の目を向けると、ディア様がキョトンとされます。

『つまり、あの小僧どもがいる間だけ、姿が見えなければ良いって事？』

「左様でございます」

ディア様の問いに、ナタリーが粛々《しゅくしゅく》と頭を下げながら答えます。

私はそれに少し補足しました。

「要は、ディア様がここにいらっしゃると気付かれなければ、それで良いのです。陛下たちを騙《だま》したいわけではありませんが、精霊様が常に私と共にいると知られれば、面倒事が起こる可能性がありますので……」

さっきまでとは異なり、何やら考えている様子のディア様に、手応えを感じます。

『なら、あまりアメリアにも話しかけない方が良いわよね』

「はい、それもお願いしたいです」

私がつい返事をしてしまったり、殿下の言葉を聞きそびれてしまったりする可能性もありますから、ディア様には黙っていていただくのが無難でしょう。

『抱きつくのもダメ？』

「抱き返す事はできませんが、それでも宜しければ大丈夫ですよ」

それを聞いて、眉間《みけん》に皺《しわ》を寄せていたディア様が一転、パァッと表情を明るくされます。

その姿が見る見るうちに小さくなり、ふっと消えました。驚く私の頭に、何かが乗るような感触があります。

『こうやって抱きついてても良いのね！　じゃあ、耐えられる！』

嬉しそうなディア様の声を聞いて、私はほっと安堵の息を漏らしました。

お姿が見えませんから、あくまで想像ですが、私の頭に座るようにして抱きついていらっしゃるのでしょうか。

「無理を言ってしまい申し訳ございません、ディア様」

『ううん、むしろ感謝してるわ。何か問題が起きて、アメリアと引き離されたら私も困るもの。ただでさえ侮れない人間が身近にいるし、同族だって面白そうだなと思ったらちょっかいを出してくるから』

しみじみと言葉を飛ばされるディア様に、お礼の言葉を返すに止《とど》めます。

侮れない人間とはお父様の事でしょう。盟約を結んでいらっしゃると知った今、お父様が関係する事は詳しく聞けないのが、かなりもどかしいですね。

下手に盟約の内容に触れて、そのせいでディア様が他の精霊様から粛清《しゅくせい》されたらと考えただけで、体が震えます。

『ナタリーにも感謝するわ。ふふ、貴方みたいな人間ばかりだったら良かったのに』

「もったいないお言葉です、フェル様」

ナタリーはそう言って微笑みました。どうやら順調に信頼関係を築けている様子です。自分をフェルと呼ぶ事を許可なさったのも、ディア様なりの信頼の証《あかし》のようですし。私以外だとナタリーにしか名前を呼ばせていないのですから、破格の待遇だと言えるでしょう。

ナタリーが「フェル様」と呼ぶのを聞いたメルベル先生も、「気に入った相手にすら名前を呼ばせない事もあるのに」と心底驚いていらっしゃいましたから。

そういえば、その後から先生のご様子が少しおかしくなったのですよね。ディア様をやけにチラチラ見ていますし、授業も精霊様に関する内容が増えてきているように感じます。

さすがに気になって、授業の合間にそれとなく聞いてみましたら、精霊様はこの国では重要な存在だからだとおっしゃっていました。その理由はごもっともですし、他の授業もきちんとしてくださっていますからね。

殿下の件がありましたので思うように時間が取れなかった事もあり、精霊様に関する授業が極端に増えている事についても軽く聞いただけで、まだ詳しくはお聞きできてはおりません。どうしても気になりますし、明日にでもさっそく見極めるとしましょう。

ともかく、「ディア様の存在を知られないようにする」という最大の問題は解決できそうですし、あとは全力を尽くして殿下のお相手を務めるだけです。

お父様は「適当で良い」だなんておっしゃっていましたが、一国の王太子をぞんざいに扱う事はできませんからね。

何より、私は殿下と婚約していて、将来は結婚するかもしれないのです。

例の乙女ゲーでは私と殿下が結ばれるエンディングなど存在しませんでしたが、ここはあくまで類似点が多いだけの現実世界ですからね。

それに、もし殿下と結ばれなかったとしても、未来の国王様の機嫌をこれ以上損《そこ》ねるわけには参りません。

ここはひとまず、丁重《ていちょう》にもてなしましょう。

第七話　それぞれの想い

陛下と一緒に屋敷にいらした殿下を、私の自室にお招きしました。そして失礼のないよう、細心の注意を払って応対したのですが……

ものの見事に不機嫌にさせてしまいました。

テーブルを挟んで向かいに座っている殿下の、目つきの鋭いこと……思わずため息を吐《つ》きそうになってしまいます。

いいえ、殿下の機嫌は最初から宜しくなかったのですが、いちいち嫌味ったらしい言い方をされるので、私は我慢できなくてつい、「言いたい事があるなら、はっきりおっしゃったらどうです？」なんて言ってしまったのです。

その程度で我慢が利かなくなるなんて、まだまだ淑女《しゅくじょ》には程遠いですわね。

私の言葉を聞いた殿下は驚いた顔をなさってから、ずっとこちらを黙って睨《にら》んでいらっしゃるのです。

しばしの沈黙の後、殿下が重々しく口を開きました。

「はっきりおっしゃったらどうです、だと？　よくもそんな口を利けたもんだ」

「誠に申し訳ございません。ですが、私に何かおっしゃりたい事があるのではないかと思ったので

ます。

ここまで不機嫌にさせてしまったら、もう開き直った方が良いだろうと判断し、私はそう尋ねす。違いますか？」

その言葉に、殿下は再び驚いた顔をして、そのまま固まってしまいました。

本来であれば、ただひたすら謝るべきなのかもしれませんが、それだとその場しのぎにしかなりませんからね。今後も殿下との関係は続くのですから、わだかまりはなるべく早いうちに解消しておくべきでしょう。

このまま関係が悪化の一途《いっと》をたどれば、婚約を解消されてしまいますし……あれ？　むしろその方が良いかもしれませんね。

うん、その方が良いではないですか。幸い私は侯爵家の令嬢ですから、もし婚約を解消されたとしても、一生結婚できないという事はないでしょう。

王子との婚約を解消されたという前例は、この国にもそれなりにあります。婚約を解消されたご令嬢はそれが瑕《きず》となり、自分の家よりも身分が低い家に嫁ぐ事が多いのですが、だからといって幸せになれないわけではありません。むしろ、王妃となって色んな厄介事を背負い込むより、肉体的にも精神的にも楽かもしれませんね。

それに、私はどうせ結婚するなら、相手とは少しでも良好な関係を築きたいのです。現状すでに嫌われている殿下との結婚を目指すよりも、別の方との結婚を目指す方が、良好な関係を築ける可能性は遥かに高いのではないでしょうか。

「厚かましい女だと思ってはいたが、ここまでとは思っていなかったぞ」

つい考え込んでしまっていた私は、その殿下の言葉で我に返りました。

殿下は声変わりがまだ済んでいらっしゃらないようなので、「地を這《は》うような」とまでは参りませんが、怒りのこもった低い声に身が引き締まります。

たまに思考に沈んでしまうのは、私の悪い癖ですね、今後はもっと気を付けるとして、今は殿下の事に集中しましょう。

「誠に申し訳ございません。ですが、将来を共にする相手とは、常に正直に話し合うべきだと私は考えます」

「はっ、私はお前との婚約など認めていない」

「そうですか……ならばこの機会に、婚約を破談にする方法を考えましょう」

「……はっ？」

殿下が驚いた表情で固まるのは、これで三度目です。よほど意外だったのか、口を半開きにしていらっしゃいますね。

まぁ、自分から「婚約を破談にしよう」などと言う女性はあまりいないでしょうから、驚かれるのも無理はありませんけれど。

「元々この婚約は、私の我《わ》が儘《まま》から始まりました。殿下のお気持ちも考えず、大変申し訳ない事をしてしまったと思っておりますわ。思えば、殿下は最初から迷惑そうでしたね。その事にようやく気付けましたが、こんなにも時間がかかってしまい、本当に申し訳ございません。せめて少しでも関係を改善できればと思っておりましたが、それもまた手前勝手な考えでしたわね」

私はなるべく謝罪の気持ちが伝わるように言ったつもりですが、なぜか殿下はどんどん怒りの形相へと変わっていきます。

黙ってお返事を待つ私に、やがて殿下がおっしゃいました。

「……お前はそれで良いのか？」

「えっ？」

「お前はそれで良いのかと聞いている」

強い怒りを押し殺したようなその声色に、私は困惑してしまいます。

ああ、もしかしたら私の態度が今までと違いすぎるので、何か企んでいるとでも思われたのかもしれません。もしくは、こんな簡単な謝罪で今までの事をチャラにするつもりなのかと、暗に責めていらっしゃるのかもしれませんね。

ならば、ここはあくまで真摯《しんし》に気持ちを伝えるべきでしょう。

「もちろんですわ。だからこそ、こうして提案させていただいたのです。殿下に自分の気持ちを押しつけ、束縛するような真似をして、誠に申し訳ございませんでした。お詫びのしるしとして、婚約解消に向けて全力を尽くさせていただこうと思ったのです。ご安心ください、今の私は殿下に対してなんの感情も抱いておりませんから」

殿下が急に立ち上がって、こちらを睨《にら》みつけます。ふかふかの絨毯《じゅうたん》のおかげで音こそ立ちませんでしたが、その勢いはかなりのものでした。

これは私が想像していた以上に、今までの事をお怒りになっているようですね。

私はそう思ったのですが、殿下は予想外の事をおっしゃいました。

「今更……今更そんな事を言うのか!? これまで私を散々弄《もてあそ》んでおいて、やっと自分の気持ちに気付いた私に、そんな事を言うとはな！」

激しい怒りを吐き出される殿下に、私は少し怯《ひる》んでしまいます。

やっと自分の気持ちに気付いたというのは、一体なんの事でしょうか？

「申し訳ございません、話が見えないのですが……」

「もしや、お前は私の気持ちを知った上で弄んでいたのか!? そうか、出会った頃からずっと計算してやっていたのだな！」

興奮なさっているためか、正直何をおっしゃっているのかよく分からないのですが、それを言えば更に怒らせてしまうでしょう。

私は困惑しつつも、殿下のお言葉について考えます。

出会った頃とおっしゃっていましたが、その頃を思い出してみると、殿下は私にかなり優しくしてくださっていたと思います。

それから徐々に冷たくなり、一時期は完全に無視されてしまっていましたが、殿下が精霊様に気に入られてからは、なぜか少しずつ反応してくださるようになりました。

自分の気持ちに気付いたというのは、これまでの対応はさすがにひどすぎたと気付いた……というような意味なのではないでしょうか。

その矢先に、私の態度が急に変わって、また気持ちを乱されたから怒っていらっしゃるのでしょう。殿下が弄《もてあそ》ばれたと感じるのも当然かもしれません。

きっと殿下は私が思っていたより、ずっとお優しい方なのでしょう。その事に今更気付くだなんて、これまで私は殿下の事を見ているようで、ちっとも見ていなかったのですね。

そう思うと申し訳なくて、私は自然と頭を下げていました。

「誠に申し訳ございませんでした」

「うるさい！　謝罪の言葉など聞きたくない！」

感情を剥《む》き出しにし、声を荒らげる殿下。

どうやら、もう謝っても手遅れみたいですね。ならば、私に言える言葉は一つしかないでしょう。

私が笑みを浮かべると、殿下は困惑した表情をなさいます。

「心よりの謝罪のしるしとして、この件に関しましては、殿下の言う通りに致します。もちろん、国家の事情や両家の思惑も絡んでくるでしょうが、殿下のご希望が叶うよう全力を尽くさせていただきますわ。ですから、どうかなんなりとお申しつけください」

私の言葉をどう解釈なさったのか、悔しそうに唇を噛まれる殿下。テーブルの上できつく握り締めた両手が、ブルブルと震えております。相当な怒りをこらえていらっしゃるのでしょう。

その様子を見て居《い》た堪《たま》れなくなる私に、殿下がゆっくりとおっしゃいます。

「……私の言う事をなんでも聞くと言ったな？」

「はい。それが私のせめてもの償《つぐな》いです」

私が言い終わるや否《いな》や、殿下は両手の平をバンッとテーブルに叩きつけました。

そして私を睨《にら》みつけたまま、こう叫ばれます。

「私は認めない！　婚約解消なんて絶対にさせないからな！」

「それは……殿下がそれで宜しいのでしたら」

私は困惑しながら言いました。先程は「お前との婚約など認めない」とおっしゃっていた殿下が、今度は婚約解消を認めないだなんて。

「宜しいも何もあるか！　絶対に！　絶対に解消などさせないからな！　これで話は終わりだ！」

そう言って部屋を出ていこうとなさいました。

陛下とお父様のお話はまだ終わっていないはずなので、今殿下に出て行かれては困ります。私はお止めしようと、慌てて立ち上がりました。

ですが、殿下の背中からは容易に声をかけられないほどの気迫が感じられ、私は思わずたじろぎます。それを知ってか知らずか、殿下は退室なさる直前、私の方へ向き直りました。

「そなたの思い通りになんて、絶対にさせないからな。覚悟しておくが良い！」

そんな捨て台詞《ぜりふ》のような言葉を残して、私の返事を待たずにさっさと退室してしまわれます。

「アメリア様、大丈夫ですか？」

ナタリーから気遣わしげに声をかけられ、思わず苦笑いを浮かべてしまいました。

「ええ、大丈夫よ。少し驚いたし、疲れもしたけれど……それ以上に、殿下に申し訳ない気持ちでいっぱいだわ」

私が今の気持ちを素直に伝えると、ナタリーが何かを言いかけました。

ですが、その前にディア様が姿を現し、全身で怒りを表現なさいます。

『ああもう、何よあのクソガキ！　私のアメリアに対して無礼千万《ぶれいせんばん》！　姿を現さないよう我慢していたのは間違いだった気がするわ！　アメリア！　今からでも、あいつをぶちのめして良いかしら!?　……ああ、この部屋には結界を張っているから、アメリアたちに被害が及ぶ心配はないわよ』

私の心を読まれたのか、最後にそう付け加えるディア様。

お心遣いは非常に嬉しいのですけれど、今回の事に関しては私に落ち度がありますから、お止めしなければなりませんね。

「申し訳ございません、ディア様。今回の事は私に非がございますから、どうかお怒りの気持ちは私にぶつけてください」

『むきぃー！　アメリアは何も悪くないじゃない！　あいつってば、ひたすら無礼な真似をしておいて、アメリアが謝ったら突然怒り出すなんて！　私、絶対に許さないわよ！』

考えてみれば、私たちの関係を知らないディア様からすると、納得がいかないのも当然でしょう。

私は宙を飛び回るディア様を抱きしめて、心からのお願いを口にします。

「殿下がああいう態度を取られたのは、全て過去の私のせいなのです。私が以前と変わったのは、ディア様もご存知でしょう？　過去の私が引き起こした事態の責任は、私自身が取るべきだと思うのです。ですから、どうかこの件に関しましては、こらえていただけませんか？　お願い致します」

それを聞いて、無言になられるディア様。

精神が繋がっているからでしょうか、ディア様の感情の昂《たか》ぶりがだいぶ落ち着いてきているのが、私には伝わってきます。

『……仕方ないわね。確かに、貴方は私たち精霊ですら驚くほど変わったわ。今この瞬間を大切にする私たちは、過去の過《あやま》ちを気にする必要など感じないのだけど、貴方たち人間は気にするという事なのね。ともかく、アメリアがそこまで言うのなら、癪《しゃく》だけど我慢してあげるわ』

「ありがとうございます、ディア様！」

『でも、我慢にも限界があるからね！』

「ええ、分かっております。ですが、私の我《わ》が儘《まま》なお願いを聞いていただけただけでも、非常に嬉しいです！」

嬉しさのあまり笑顔になりつつ、私はディア様の頭を撫でます。すると、ディア様も仕方ないわねといった様子で、気持ちよさそうにしてくださいました。

「そういえばナタリー。さっき何か言いかけてましたよね」

「はい。お茶を淹《い》れましょうか？　とお伺いしようとしたのです。今から淹れますので、少々お待ちくださいませ」

私の問いに、穏やかに返してくれるナタリー。

本当に、私にはもったいないほどの侍女ですね。私もその主《あるじ》として恥ずかしくないよう、もっと頑張らなければなりません。

陛下たちがお越しになった日から数日が経った今日、ずっとお忙しそうだったお父様から執務室に呼ばれました。

あの後、結局殿下はお戻りになりませんでした。最後に陛下と殿下を家族総出でお見送りした時、一度だけ顔を合わせましたけれど。

その時、お父様が珍しく不機嫌そうなご様子だったのですが、すぐにお母様といちゃつき出したので、「陛下がいらっしゃる間はいちゃつけなかったから不機嫌だったのかしら」なんて考えておりました。

けれど、今も不機嫌そうなところを見ると、どうもそれだけではなかったみたいですね。

「あのタヌキめ、本当に忌々《いまいま》しい……！」

お父様は苦虫を噛み潰したような顔でおっしゃいました。タヌキというのは、恐らく陛下の事でしょう。

「本当はあの日、君とあの小僧の婚約を解消するはずだったんだ。元々キャシーは婚約話に乗り気ではなかったし、今の君は小僧にそれほど執着していないみたいだからね。それがまさか、タヌキと小僧のどちらも婚約を解消する気がないなんて……」

「私たちの婚約を、解消するおつもりだったのですか!?」

お父様の言葉に驚いた私は、つい話を遮《さえぎ》ってしまいました。本当に未熟極《きわ》まりないですね。

ですが、お父様は全く気にした様子もなく、こうおっしゃいます。

「そうそう。タヌキの方は前から私に一泡吹かせたくて仕方ないようだったから、申し出を断られても不思議はない。けれど、まさか小僧の方があそこまで婚約にこだわるとは予想外だったよ。君たちの間で何かあったのかい？」

「ええ、実は私も婚約を解消しましょうと言ったのですが、そうしたら怒らせてしまったのです。その際に今までの事を謝ったのですけれど、どうもそれがいけなかったようで……お父様？」

お父様が天井を見上げ、右手で目を覆《おお》われました。

一体どうしたというのでしょう？

「そんな事を言ったのかい？　適当に応対するだけで良いって言ったのに……。いや、これは私の判断ミスだな。だが、アメリアが良いと言うなら、このまま婚約させていてもいいかもしれない。王妃の地位はアメリアには荷が重すぎると、キャシーは言っていたけれど、今のアメリアなら大丈夫そうだし……。ああ、でもアメリアが小僧を好きでもないのに結婚するとなれば、キャシーが悲しむかもしれない。という事は、ここはアメリアの気持ち次第か……」

多分独り言だったのでしょうが、その割に声が大きかったので、バッチリ聞こえてしまいました。

お父様はそれに気付いていないご様子。……というよりも、気にしていないと言った方が正しいでしょうか。

「アメリア、この件については君の好きにすると良い。婚約を解消するのも、あの小僧の想いに応えるのも自由だ。大丈夫、キャシーがそれを望む限り、僕は全力で君の味方をしてあげるから。ああ、やっぱり君はキャシーに似て愛らしいなぁ。じゃあ、僕はキャシーの部屋に行くから、この話はもう終わりにしよう」

言いたいだけ言って、上機嫌に去っていくお父様。

呆然としていた私がやっと気を取り直した頃には、その姿は扉の向こうに消えておりました。

そこで私は、ある事実を思い出します。

「……えっと、今日お母様は私たちと昼食をご一緒なさる予定なので、今向かわれてもお部屋にはいらっしゃらないはずですが……」

お父様には聞こえないと分かっていても、ついそんな言葉を漏らしてしまいました。

『良いのよ、あんな自分勝手な奴はほっとけば。むしろ良い気味だわ。さっ、行きましょう』

私の独り言にそう返してくださったのは、ディア様です。

とはいえ、お父様をこのまま放っておくのは失礼ですし、かといってすでに食堂にいらっしゃるであろうお母様をお待たせするわけにも参りません。

ふとナタリーに視線を向けると、私の意図が伝わったのでしょう、彼女は笑顔で頭を下げます。

そして、お父様の後を足早に追ってくれました。

それでは、私はディア様と共に食堂へと向かうとしましょう。


陛下たちが屋敷にいらしてから、一週間が経ちます。

昨夜、私はお父様から思わぬ事を聞かされました。なんと今日の午後、殿下が私に会いにいらっしゃるのだとか。

そのため、授業の時間を前にずらして午前中に済ませ、お昼を取った後は自室で待機する事になりました。

なんでも殿下は先日この屋敷にいらした後、ここから程近い場所にある離宮に滞在なさっているそうです。てっきり王都へ帰られたものとばかり思っていたので、驚きました。

それにしても、あれから時間が経てば経つほど、恥ずかしさと情けなさが募《つの》ります。殿下に対してなんと無礼な発言をしてしまったのでしょうか。

ますます嫌われてしまったと思うのですが、殿下は一体、どんなおつもりで私を訪ねてこられるのか……

「アメリア様、大丈夫ですか？」

ああ、またナタリーに心配されてしまいました。

せっかく淹《い》れてもらったお茶も、いつの間にか冷めています。これはもったいない事をしてしまいましたね。

「ええ、大丈夫です。ただ、なぜまた殿下がいらっしゃるのかと……」

『むきぃー、アメリアは私の事だけ考えてれば良いのよ！　全く、あの小僧、余計な事を……！』

今日も殿下がいらしたら姿を消していただくよう、ディア様にはお願いしました。そのせいか、ディア様は朝からずっとご機嫌ななめなのです。

私の膝の上に座るディア様を撫でて、どうにかご機嫌を取っていたのですが、つい殿下の事を口に出してしまったために、再び機嫌を損《そこ》ねてしまいました。

「なんにせよ、おもてなししないわけには参りませんわ。ディア様にはまた姿を消していただく事になり、本当に申し訳ございません」

『ああっ、アメリアは悪くないからね』

慌てるディア様の頭を撫でると、どうにか機嫌を直してくださいました。

すると、そのタイミングで侍女長が部屋にやってきます。どうやら殿下がいらしたようですね。

またしても不機嫌になられたディア様ですが、大人しく姿を消してくださいました。

そんなディア様に感謝しつつ、私は気合を入れ直します。

侍女長が開けた扉から入ってこられた殿下は、私の予想と違い、どこかばつが悪そうな顔をしていらっしゃいました。

「……やぁ、アメリア嬢」

「ご機嫌麗《うるわ》しゅうございます、殿下」

私が努めて明るく返すと、殿下は明らかにほっとされたご様子でした。

そして、何やら気まずそうに視線をさまよわせます。

「その、先日は失礼した。いや、その、なんだ。私たちはまだ、お互いの理解が足りないと思うのだ」

どうも歯切れが悪くていらっしゃいますが、つまり「もっとお互いの事を知ろう」とおっしゃりたいのでしょう。

殿下のご配慮に、私の胸が温かくなります。

「私こそ申し訳ございませんでした。僭越《せんえつ》ながら、私ももっと殿下の事を知りたいと思っておりますわ」

そう返すと、殿下は困惑したような表情をなさいました。

「お前……いや、君は本当にどうしたんだ？　先日聖域に行った時、皆が君の変化を見て驚いていたよ。いや、友人からは『良い方に変化したのなら喜ばしい事じゃないか』と言われたのだが……あと、『今まで私が君の事をよく見ていなかっただけじゃないか』とか、『本当はずっと好きだったくせに』とかも……ゲフンゲフン！　……えっとだな。まぁ、あれだ。私も君の事を色々と誤解していたのだと思う。うん。とにかく、君の事をもっとよく知りたいんだ」

殿下は一生懸命言葉を選んでいらっしゃるようです。そのせいで歯切れが悪かったのですね。

「お心遣いありがとうございます、殿下」

「あっ、いや、だが勘違いしてもらっては困るぞ！　私がアメリア嬢の事を好きだとか、そんな事は決してないからな！　うん」

「ええ、心得ておりますわ」

殿下の優しさに感激していた私は、笑顔で言いました。

それなのに、なぜか殿下の方は落ち込んでしまわれます。なんだかズーンという効果音が聞こえてきそうでした。

うーん、やはり年頃の男の子は難しいですね。

きっと以前の私と差がありすぎて、気持ち悪いと思っていらっしゃるのでしょう。知っている人間の態度が急に変わったのですから、それは困惑しますわよね。

一人納得しつつ、私は殿下に椅子を勧めます。

たとえ将来婚約を破棄されたとしても、この国の頂点に立つ方との関係を良くしておくに越した事はありません。ここは殿下のご厚意に甘える事に致しましょう。

椅子に座った後もしばらく無言でいらした殿下ですが、やがて意を決した様子で口を開かれました。

「ところで、近々茶会があるのだが、アメリア嬢も出席してはどうかな？　いや、別に出席してほしいわけではないぞ。き、きっと暇だろうからな！」

「ええ、もちろんでございますわ。とても光栄なお話ですし、断る理由はありません」

私が笑顔で答えると、殿下もほっとした様子で笑みを浮かべてくださいます。

ですが、すぐにキッと睨《にら》まれてしまいました。

「な、ならば、来週行われるブリデゥン伯爵家の茶会に出席したまえ！」

「……恐悦至極《きょうえつしごく》に存じます」

急に睨まれてびっくりしてしまいましたが、きっと私の言葉を完全には信用していないという事なのでしょう。

今までの事を考えればそれも当然だと思いますし、これから少しずつ殿下の信用を得ていければと思います。

結局、殿下が再び笑顔を見せてくださる事はありませんでしたが、前回のように捨て台詞《ぜりふ》を吐かれずに済んで、私はほっとしました。むしろ「また来る」というお言葉をいただき、社交辞令だろうと思いつつも嬉しくなったのです。

そして、なんと殿下はお言葉通り、定期的に我が屋敷にいらっしゃるようになりました。ですが、無愛想なのは変わりませんから、もしかしたら無理をしていらっしゃるのかもしれません。

あくまで婚約者である私に義理立てしてくださっているだけでしょうけど、殿下の器《うつわ》の大きさには頭が下がる思いです。

今は殿下に対して心からの感謝しておりますし、尊敬の念を抱いてもおります。

恋愛感情を抱くまでには至らなくとも、きっと良き友人同士になれると確信していますわ。

第八話　友人

殿下が私に会いにいらっしゃる頻度《ひんど》は、徐々に増えております。てっきり次第に頻度が下がり、いずれはパッタリ来なくなるものと思っていましたのに。

たくさんお会いしているにもかかわらず、殿下との関係を未だに好転させられない自分には、失望してしまいますね。

そして今日はその殿下を通して、とある貴族のお茶会に招かれているのですが……

「……本当に予想外ですわ」

見晴らしの良いベランダから美しい庭を眺めつつ、思わずそう呟《つぶや》いてしまいました。

すると、隣にいる弟のラクサスが応えてくれます。

「そうですね。まさか殿下がご欠席なさるとは、私も予想外でした。どうしても外せないご用事ができてしまわれたようですね」

本当はそういう意味で「予想外」と言ったわけではありませんが、私は気遣わしげに見上げてくる弟に笑みを見せておきました。

そんな私に同じく気遣わしげな視線を向けているのは、一歩下がったところに控えているナタリーです。ディア様は場所が場所ですので、姿を隠して私の肩の上にいらっしゃいます。

実はディア様には反対されたのですが、殿下のお誘いを断るわけにもいかず、こうして無理に参ったのです。「帰ったら今夜も一緒のベッドで眠りましょう」と言ったら、ディア様はどうにか機嫌を直してくださいました。

それにしても、まさか貴族の子供たちの間で、こんなに頻繁にお茶会が行われているとは知りませんでした。夜会デビューは学園を卒業してからという決まりがあるせいで、子供同士には交流の機会がなかなかないせいでしょうか。なんにせよ、お茶会は夜会と違って昼間に行われるので、夜《よ》更《ふ》かしせずに済んで助かりますね。

といっても、私は今まで誘われていなかったわけですが……。その理由は察しておりますし、そんな私を誘ってくださる殿下には、本当に感謝しております。

それにしても、殿下がご欠席なさるのは珍しいですね。いえ、王太子様ともなれば公務などでお忙しいでしょうし、急用が入る事も多いでしょう。ですが、このところ殿下がお茶会をご欠席なさる事はほとんどなかったのです。

特に私を誘ってくださったお茶会には、必ず出席していらっしゃいました。この国の男性貴族の中には、女性との約束なんて破って当然という人も多いですのに。

それを考えると、なんだかとても大事にされているような気がしてしまいます。さすがにそれは私の思い上がりでしょうが、本当に殿下は何を考えていらっしゃるのか……。未だにお会いする時は、いつもぶっきらぼうな感じですし。

……これ以上考えるのはやめておきましょう。前世では恋人の一人もできず、一生独身を貫《つらぬ》いた私に、年頃の男の子の考えなど分かろうはずもありませんから。

「あの殿下が週に一度は屋敷にいらっしゃるようになったのも、月に数回お茶会に誘ってくださるようになったのも、予想外ですわよね。とはいえ、お茶会に出席する事はラクサスのためにもなっていますから、殿下にはいくら感謝してもし足りませんわ」

先程私が「予想外」と言ったのは、実はその事についてなのです。ですからそう口にしたのですが、なぜかラクサスは複雑な表情をしました。

不思議に思って見ていると、ラクサスはしばし躊躇《ちゅうちょ》した後、笑みを浮かべて言います。

「……確かに最初は殿下のおかげだったかもしれませんが、近頃は他の方からのお誘いも来るようになったではありませんか。それは、お姉様自身に魅力があるからだと思います」

「まぁ、ありがとうラクサス。嬉しいわ」

優しい言葉をくれた弟を、思わず抱きしめます。こんな情けない姉を思いやってくれているのだと思うと、胸に熱いものが込み上げて来ました。

これくらいの年頃だと、姉に抱きしめられるのを嫌がる子も多いでしょうに、ラクサスはされるがままになってくれています。

本当に優しい子ですわ。ふふふ、女の子たちの間で人気なのも頷けますね。

そうなのです。ラクサスは同年代の女の子たちから、すごく人気があるのです。

将来ラクサスがどのような女性を選ぶのか、今から楽しみですわ。姉として最大限手助けさせていただくつもりですし、貴方の想い人を嫉妬する他の女性たちから守ってあげますからね……なんて、ついそんな事を考えてしまいました。

実は、すでに弟を水面下で取り合っているといいますか、牽制《けんせい》し合っている子たちもおります。

なので、姉としてはそれとなく探りを入れているのですが、ラクサスには気になる子はまだいないようです。

女の子だけでなく、同年代の男の子たちとも、それほど話している様子はありません。せっかくお茶会に来ても、私と話す事が一番多いのではないでしょうか。

とにかく、弟に好きな子ができたら、その時には必ず力になってあげましょう。

ラクサスを抱きしめたままそんな決意をしていると、誰かに声をかけられました。

「ああ、二人共ここにいたのですか。ラクサス、伯爵夫人がご長男を紹介したいそうですから、ついて来なさい」

見れば、お母様が困ったような笑みを浮かべて立っています。

「承知致しました」

ラクサスは元気に応え、私の腕から抜け出しました。

お母様は家では結構ラフな言動をなさいますが、外では立ち居振る舞いに隙《すき》がありません。そのお姿は本当に参考になりますし、今後も色々と学ばねばなりませんね。

……あれ？　そういえば、ここの伯爵家のご長男はまだ三歳だったはず。ラクサスとはかなり歳が離れていますのに、なぜ紹介を？

これは何か裏がありそうです。

そう思っていたら、お母様が厳しい口調でラクサスにおっしゃいました。

「私も傍《そば》についていますが、夫人の妹君には注意しなさい。絶対に二人きりになってはいけませんよ」

ああ、それを聞いて納得しました。夫人の妹君はまだ十代で、婚約相手をお探しだったと記憶しております。

今もお母様の言葉に無邪気に返事をしているラクサスですが、まれに見る美少年ですからね。

きっと伯爵夫人はラクサスを妹君の婚約相手に……と目論《もくろ》んでいらっしゃるのでしょう。

まだ十代とはいえ、すでに学園を卒業していらっしゃる妹君は、ラクサスと婚約するには少しばかりお歳を取りすぎている気もしますけれど。

せめてウブな方であればいいのですが、何やら男漁《おとこあさ》りのような真似をなっているとの噂がありますす。だからこそ、学園を出ても未だに婚約相手が見つからないのだとか。

やはり、ここは私がラクサスを守るべきではないでしょうか？

……っと、いけません、老婆心《ろうばしん》が過ぎましたね。

お母様がお傍《そば》にいらっしゃるというのなら、今回はお母様にお任せするのが道理でしょう。それに、私だって同年代の子供たちと交流せねばなりませんからね。

そう思っていたら、お母様から声をかけられます。

「アメリアは、この事をラルク様にお伝えしなさい」

「承知致しました。私はそのままお父様と一緒におりますね」

「ええ。こちらの用事が終わったら、ラクサスを貴方のところへ送り届けます。それまではラルク様のご指示に従いなさい」

「はい。お父様から何かご伝言があれば、こちらから参ります」

「お願いするわね。さっラクサス、参りましょう」

そう言って、ラクサスと共に歩いていかれるお母様。

では、私はお父様を探すとしましょう。

お父様を探すのは簡単です。なんだかんだ言っても、いくつかある侯爵家の中でも筆頭とされるほど権力のあるお方です。嫌でも人々に囲まれているでしょうからね。

実は子供たちのお茶会に父親が出席するのは珍しい事なのです。あまり歓迎される事ではないというのに平然と出席なさっているお父様は、いろんな意味でさすがと言えますね。

別にお茶会に出席したいというわけではなく、単にお母様と一緒にいたいだけでしょうけれど。

そんな事を考えつつベランダから部屋へ戻ると、案の定、一か所に大きな人だかりができていました。

ふぅ、あの中に突撃しなければならないかと思うと、少しばかり憂鬱《ゆううつ》ですわね。

私は人々の間を縫うように移動しながら、お父様の声に聞き耳を立てます。

「……で、本当に失礼なお嬢さんですね。出来の良いご令嬢だと聞いていたのに、私に対してろくに挨拶《あいさつ》もできないなんて。この責任をどう取るおつもりなのです？」

お父様はいつもの笑みを浮かべたまま、とんでもない事をのたまっていました。お相手は気の弱そうな紳士と、その娘さんらしき女の子です。

またですか!?

お母様が隣にいらっしゃる時は絶対になさらないのですが、逆にお母様がいらっしゃらないと、すぐこんな事をなさるのです。

淡い水色の髪をした娘さんの方は、私と同じくらいの歳でしょうか。くりくりとした茶色の目が愛らしいですが、その表情が引きつっているのを見ると胸が痛みます。

「誠に申し訳ございませんでした」

口を揃えて頭を下げるお二人に、お父様はなおも容赦のない言葉を、穏やかな口調で繰り出されました。

「おやおや。これでは、まるで私が悪人のようではありませんか。違いますよね？　私は貴方が自慢のご令嬢を紹介してくださるというから、了承しただけ。にもかかわらず、私の姿を見るや失礼な真似をなさったのは、そのお嬢さんでしょう？」

口調と表情からは怒りが全く感じられないので、逆にぞっとしてしまいます。

こんな事ばかりなさっているから、氷の魔王と言われてしまっているのかもしれませんわね。

……いえ、今はそんな事はどうでもいいのです。

腹立たしさを感じた私は、お父様の前に立ちふさがりました。

「おや、アメリア。どうしたんだい？」

「どうしたもこうしたもありません。お父様が間違った事をなさっているのを、止めに参ったのです」

そう言った途端、お父様からまたプレッシャーを感じました。前世の記憶を取り戻した朝に感じたのと同じプレッシャーです。

が、この程度の事がどうしたと言うのでしょう。

親が人前で子供じみた真似をしている事の方が問題です。娘として恥ずかしいですし、情けない事この上ないですわ。

公衆の面前で父に意見するなど淑女《しゅくじょ》としてあるまじき行為でしょうけど、何か言わずにはおれません。

「おやおや、これはおかしな事を言うね。このお嬢さんは私の目の前で何度もどもり、見苦しい姿

をさらしたのだよ？　アメリアは、それでも仕方ないと言うのかい？」

「はい、そうです」

どこか面白そうにおっしゃるお父様に、間髪《かんはつ》を容《い》れずに返しました。

ピクリと反応なさったお父様に構わず、更に言葉を重ねます。

「お父様は侯爵というご身分であり、このお茶会の出席者の中では最も身分が高くていらっしゃるのです。こちらのお嬢さんが緊張してしまっても仕方ありませんわ。もちろん、お父様はそれもご承知の上で、あえて苦言を呈していらっしゃるのだと思います。ですが、そのくらいで十分でしょう」

「ふーん、君は父親である私に意見するんだね」

にこにこと笑顔でおっしゃるお父様ですが、私へのプレッシャーは増すばかりです。

この国の淑女像《しゅくじょ》に照らし合わせれば、口出しせずにただ見ているのが正しいのでしょう。けれど、やはり私はそのような淑女にはなりたくありません。

ここはお父様を立てつつ、青ざめた顔でオロオロしている親子を助けて差し上げましょう。

「ええ、そうですわ」

「ふーん、そうかいそうかい」

お父様は相変わらず、にこにこしたまま私の出方を窺《うかが》っています。このままでは埒《らち》が明きませんけれど、幸い私には最強の切り札がありました。それでどうにかなるとは限りませんが、どちらにせよ早く使ってしまうべきでしょう。

「それと、お母様から伝言がございます」

私の言葉を聞いて、お父様の表情が変わりました。この場でそれを感じ取れるのは私くらいでしょうけど、お父様の瞳には確かに期待の色が浮かんでいます。

早く言えと言わんばかりの表情を見て、私はすぐに続けます。

「伯爵夫人がご長男を紹介してくださると言うので、ラクサスを連れて伯爵夫人のところへ行くとの事でした。私はお父様と共にいるように言われてこちらへ参ったのです」

「ほう、キャシーは伯爵夫人のところにいるのか。うん。なるほどね」

ふっとプレッシャーがなくなり、完全にいつものお父様に戻られます。いえ、むしろいつもより上機嫌かもしれません。

ああ、やはり私の予想は当たっていました。お父様は、お母様が見当たらないから不機嫌でいらしたのですね。だからって無関係な方に八つ当たりするとは、実に子供じみていますけれど。

「サンホーク卿、大人気ない対応をしてしまって申し訳ありません。今回の件は水に流しましょう。お嬢さんも、以後気を付けてくれれば構わないよ」

「は、はひっ」

よほど緊張なさっていたのでしょう、お相手の紳士——サンホーク卿がおかしな返事をなさいます。

いつものお父様ならば、返事もまともにできないのかとツッコみそうですが、今はお母様の事で頭がいっぱいだからかツッコむ事はありませんでした。

「さ、この話はもう終わりにしましょう。私はちょっと用事を思い出しましたから、伯爵夫人のところへ向かいます。息子のラクサスが呼ばれたのですから、親である私が挨拶《あいさつ》に出向いても構わないでしょう？」

白々しいと思う私をよそに、周囲の皆様に問いかけるお父様。

すると、皆様は一様に何度も頷かれました。

……お父様、私がここへ来るまで、一体どんなお話をなさっていたのですか？

軽やかな足取りで去って行くお父様の後ろ姿に、思わずため息をこぼしてしまいそうです。ですが、そんなはしたない真似をするわけには参りません。

私がグッとこらえていると、不意に声をかけられました。

「誠にありがとうございます、アメリア様」

そちらを見れば、サンホーク卿とその娘さんが深々と頭を下げていました。

私はただお父様の尻拭《しりぬぐ》いをしたにすぎませんから、お礼を言われると逆に恐縮してしまいます。

「いいえ、差し出がましい真似をして、大変失礼致しました。皆様も、みっともない姿をお見せして申し訳ございません」

その私の言葉で、張り詰めていた空気がようやく緩《ゆる》んだような気が致します。これはしゃしゃり出た甲斐《かい》があったというものですね。

中には私の振る舞いを快《こころよ》く思っていない方もいらっしゃるかもしれませんが、それは致し方ないでしょう。

さて、お父様のおかげで、なんだかどっと疲れを感じてしまいましたね。

そう思っていると、今度は可愛らしい声がしました。

「あの、本当にありがとうございました」

振り返れば、サンホーク卿の娘さんが再び頭を下げています。

こんなにきちんとしたお嬢さんに、あのようなプレッシャーを与えるだなんて……我が父ながら、情けないにもほどがありますわ。

私は娘さんの手をそっと取り、驚く彼女に笑顔を見せます。

「どうか、私について来ていただけませんか？」

驚いた表情のまま、こくこくと頷く娘さん。

二人きりになれそうな場所は……と考えた私は、再びベランダへ移動しました。

ベランダに到着してから気付いたのですが、サンホーク卿の事を置いてけぼりにしてしまいましたね。これは失敗しました。

まぁ、サンホーク卿には後でお詫びするとして、今はこちらに集中しましょう。

「初めまして、アメリア・フィン＝ハイネス＝ランドークと申します」

そう笑顔で告げると、娘さんは慌てて頭を下げました。

「わ、私はチェリア・サンホークと申します。ランドーク家のご長女であらせられる貴方様のお噂は、かねがね耳にしております」

あ、これはまずいパターンですね。

悪名が広まりすぎていますから、娘さん——チェリアさんから言われてしまう前に、自分から言ってしまいましょう。

「悪い噂ばかりでしょう？　本当にお恥ずかしい限りですわ。私はまだまだ未熟者でして——」

「とんでもございません！」

どこか興奮した様子のチェリアさんに、言葉を遮《さえぎ》られてしまいました。

さっきはあんなに大人しそうでしたのに、人は見かけによらないものですね。私は圧倒されて、思わず黙ってしまいます。

「アメリア様のお噂は、確かに、その……良いものばかりではありませんでしたが、私は先程のアメリア様のお姿を見て感動したのです。あんなに恐ろしい……と言ってしまうと失礼ですが、威厳に満ちた方に対して、あんな堂々とした態度を取れるなんて。あの方はアメリア様のお父様ですし、この国の淑女《しゅくじょ》としては、確かに出すぎた行為と言えるかもしれません。ですが、全て私とお父様を助けるためですよね？　それなのに、貴方様を責めるだなんて、私にはできません。悪い噂の数々は、貴方様の本質を見抜けない方々が作り出したものなのでしょう」

早口でまくしたてるチェリアさん。私は慌てて口を挟みました。

「チェリアさん、落ち着いてください。お気持ちは嬉しいですが、さすがに少しはしたないですわよ」

すると、ようやく我に返ったチェリアさんは、かっと顔を赤らめます。

「も、申し訳ございませんでした。……でも、私が感動したのは本当です」

真っ赤になりながらも、私の目を見て切々と訴えかけてくるチェリアさん。その姿に、私は胸を打たれます。気付いたら、その両手を取っておりました。

チェリアさんは顔を真っ赤にしたまま、繋がれた私たちの両手を見下ろしています。そんなチェリアさんに、今度は私が自分の気持ちを伝える番ですね。

「そこまで言っていただき、とても嬉しいです。どうか、私とお友達になっていただけないでしょうか？」

素直にそう伝えると、チェリアさんは口をパクパクさせました。

あまりの出来事に、言葉が出てこない様子です。

「大丈夫、落ち着くまで待ちますよ」

私はチェリアさんがしゃべれるようになるまで、そのまま待つ事にしました。あうあうと喘《あえ》ぐ可愛らしいチェリアさんに癒《い》やされ、つい笑みを浮かべてしまいます。

それが良かったのか悪かったのか、チェリアさんも遠慮がちに笑みを浮かべて「光栄です」とおっしゃってくれました。

私は本当に嬉しくて、チェリアさんと二人でしばらく笑い合っていたのです。それは私にとって、とても心地よい時間でした。

とはいえ、傍《はた》から見ると異様な光景だったことでしょう。後でそれに気付いた私は、淑女としてはしたないにもほどがあると反省したのでした。

第九話　新しい生活

時が経ち、私は十五歳になりました。今年から、王都の外れにあるウィンブルダム学園に入学します。

馬車に揺られること二週間。予定通り、授業の始まる一週間前に到着しました。

屋敷を離れる時、寂しそうな弟と、心配そうなお母様。そして普段と全く変わらぬお父様にお見送りしていただいた事が懐かしく思い出されます。

これまでの三年間は、家庭教師の先生方の助けを借りて学園への入学準備を進めつつ、時にはお茶会に出席して殿下や貴族の子供たちと親睦《しんぼく》を深めておりました。

そのような日々が、ここへきて急に変化するわけです。新しい生活に向けての不安が全くないわけではありませんが、それよりも楽しみでなりません。

「長旅お疲れ様でした。アメリア様と同室だなんて、恐悦至極《きょうえつしごく》に存じます」

寮の部屋に案内された私を、先に到着していたチェリアさんが満面の笑みで迎えてくださいました。

彼女とはお互いの屋敷に泊まりに行くほど仲良くなり、僭越《せんえつ》ながら、私は彼女の一番の友人だと思っています。

殿下との仲もここ半年ほどで好転したように感じますし、チェリアさんほどではないものの、それなりに親しい友人も何人かできました。彼らも皆、同じ学園に入学するのです。

相変わらず私を毛嫌いしている方もいらっしゃいますが、まぁ全ての方に好かれるなんて事はありえませんし、ひとまず学園生活は問題なく送れそうです。

何か問題が起きるとすれば、例の乙女ゲーがスタートするタイミングでしょう。ゲームスタート時の私は三年生――つまり二年後ですから、まだまだ先の話です。

だからと言って油断して良いわけではないでしょうが、その事にとらわれすぎるのは良くないと思います。

「ふふ、やはりフェニーさんを連れてこられたのですね」

「ええ、彼女との付き合いが一番長いですから、信頼しているのです」

フェニーさんは、チェリアさんの側仕《そばづか》えの侍女です。私がナタリーをこの寮へ連れてきているのと同じように、チェリアさんもフェニーさんを連れてきていました。

金髪と茶色の目を持ち、女性にしては長身の彼女は、今日もきりっとした表情で控えています。

チェリアさんに向かって「身に余るお言葉、誠にありがとうございます」と言い、礼儀正しく頭を下げるフェニーさんのお姿には、いつもながら好感を覚えますね。

侍女服のデザインは各家のオーダーメイドなのですが、ファニーさんとナタリーのメイド服は同じデザインです。

チェリアさんと懇意《こんい》になったら、いつの間にかサンホーク家の侍女服が、私の家の侍女服と同じデザインになっていました。

それを笑顔で報告してくださったチェリアさんと違い、サンホーク卿は私の顔色を窺《うかが》っていらっしゃったのを思い出します。私が「嬉しいです」と言うと、卿も笑顔を見せてくださいましたけどね。

メイド服を他家と同じデザインにするのは、よくある事です。特に貴族の中での派閥を表すために、格上の家が格下の家に強要するのは日常茶飯事ですね。

逆に格下の家が格上の家に合わせる場合は、「貴方の味方になりたい」と表明する事になるのです。お父様はどこの派閥にも属していませんし、サンホーク家も新興貴族で同じくどこの派閥にも属していないからこそできた事でしょう。

一方チェリアさんは薄い青色の部屋着用ドレスを着ていて、それがとてもよく似合っていらっしゃいます。

私も早くこの厚手の旅装束《たびしょうぞく》を脱いで、身軽になりたいですわ。

「チェリアさんが私と同室になる事を了承してくださって、本当に嬉しいですわ。改めまして、これからも宜しくお願いしますね」

「はい、こちらこそ宜しくお願い致します」

私たちは笑顔で言葉を交わしました。

実は、最初私は一人部屋を宛がわれるはずだったのです。侍女もナタリーの他に何人か同行させるよう、学園からは言われておりました。

私が「部屋は一つでいいし、侍女も一人で十分です」と言ったら、揉めてしまったのですよね。学園の方曰《いわ》く、侯爵家の令嬢にそんな真似をされると示しがつかないのだとか。正直、意味が分かりませんが、どうも色々と面倒臭い習わしがあるようです。

とはいえ、別にごねるつもりはなかったので、その習わしに従おうとしたのです。

しかし、男爵家や子爵家の方々は二人で一つの部屋を使うのが当たり前で、平民の場合は複数人で一つの部屋を使うのが普通だとか。それを思い出した私は、つい「チェリアさんと同室にしていただくわけにはいきませんか？」と申し出てしまったのです。

学園の方はぽかんとしていらしたものの、「そういう事でしたら」とおっしゃって、なぜか私の希望がすんなり通ってしまいました。

「ただの思いつきですし、まだチェリアさんの許可をいただいておりません」と言ったのですが、学園の方は「たかが男爵家の娘の意向など気にする必要はありません」などとのたまい――ああもう、思い出すだけで腹立たしいですわね。

そんなわけで、結局事後報告になってしまったのですが、チェリアさんは怒るどころかむしろ感激してくださいました。

会うたびにその事を口にして喜んでくださるものですから、結果オーライという事で、私も気にしないようにしております。

「それにしても、二週間も馬車に揺られると、さすがに疲れてしまいますね。私より遠方からいらしたチェリアさんは、もっとお辛いでしょう？」

そう聞いてみましたら、「大丈夫です」という言葉が元気よく返ってきます。見たところ顔色も悪くありませんし、事実のようですね。

この国には学園が二つあり、基本的には自宅から近い方の学園に入学するのが習わしです。住まいによっては近い方を選んでも、馬車で移動すると一か月弱は掛かってしまいますからね。

毎年、精霊様のお茶会に参加するため聖域に集まっている私たちは、長旅にもそれなりに慣れています。それでも移動というものはなかなか疲れるものですし、どこか儚《はかな》げな印象のあるチェリアさんは、かなりお疲れだろうと思っていたのですが……相変わらず見た目によらない方ですね。

そんな事を考えていると、ノックの音が四回響きました。壁際に控えていたナタリーとフェニーさんが、すっと扉の方へ移動します。

「チェリアさん、どなたかを呼ばれたのですか？」

そう思って聞いたのですが、チェリアさんは否定なさいました。

「アメリア様が到着なさる前に人を招くなど、そのような失礼な真似はできません」

それを聞いて、確かに一理あると思いました。

チェリアさんはせっかく早めに到着したのですから、先にいらしている方々や顔見知りの先輩方をお招きして交流なさっても良いように思われます。ですが、爵位が上である私と同室なのですから、私はともかく周りがどう思うかを考えれば、チェリアさんの判断は正しいですね。

そこへ、ナタリーが戻ってきます。

「畏《おそ》れ入ります、アメリア様。リリマージュ・ノッテン＝ギルク＝ファンロック公爵令嬢がお見えです」

これは予想外の名前が飛び出しました。

二歳年上のリリマージュ様とは、私が前世の記憶を取り戻してからお茶会で仲良くなり、以来、懇意《こんい》にしていただいています。だからこそ、彼女がこんな真似をなさるとは考えにくいのです。

確かにリリマージュ様は私より格上ですから、先触れや約束なしに部屋を訪れるのも、ぎりぎり許容範囲内と言えます。ですが、それはあくまでも私が部屋に到着してからの話。それも、到着してから二日は空けなければ失礼と言えます。

リリマージュ様は確かに気さくな方ですが、決して失礼な真似をなさる方ではありませんのに……。

そう考えたところで、ふとある事を思い出しました。

この学園は大精霊様が守護なさっていて、その影響により敷地内にいる者の感情が増幅され、自分の気持ちに正直になりすぎると言われているのです。

精霊様に気に入られている人間は、その影響を全く受けないそうなので、私がそれを実感する事はないでしょう。けれど、その影響力は馬鹿にできないという事を授業で教わりました。

もちろん、この学園で心を磨く事で、上手く対処できるようになる方も少なくありません。ですが、元々の性格や学園での過ごし方によっては、色々と問題を起こしてしまう生徒もいるとか。

とはいえ、あのリリマージュ様ならば、十分対処できそうなものですが。

「この姿で人にお会いするのはあまり宜しくありませんが、着替えの間お待ちいただくのも失礼ですわね。ナタリー、お通ししなさい」

悠長に考えている時間はありませんので、私は気持ちを切り替えて、ナタリーに指示を出しました。

「もしかすると、私に会いにいらしたのかもしれませんわ」

チェリアさんが、リリマージュ様をフォローするようにおっしゃいます。確かに、こちらに到着してすでに数日経っているチェリアさんを訪ねてきたというのならまだ分かります。ですが、その可能性は低いでしょう。

それにリリマージュ様は、きっと私とチェリアさんが同室だとご存知のはず。ならばたとえチェリアさんを訪ねてきたのだとしても、私が到着するより早くこの部屋を訪問するのは遠慮なさるべきですからね。

「アメリアさん、お久しぶりですね」

部屋に入ってくるや、にこやかに挨拶《あいさつ》してくださるリリマージュ様。そのお姿は、以前お会いした時より成長なさっていました。ですが、それだけではなく、どこか違和感を覚えてしまいます。

見事に結い上げられた青い髪も、クリッとした赤い瞳も、以前とお変わりありません。小柄でいらっしゃるのに、その存在感ゆえ実際より大きく見えるところもです。

淡い桃色のドレスはとてもよく似合っていらっしゃいますが、いつもは青系統のドレスを好んで着ていらっしゃる事を考えると、それも少しおかしいですね。

いいえ、さすがにドレスは気分によって変える事もあるでしょうけど、それすら穿《うが》った見方をしてしまうくらい、なんだか違和感があるのです。上手く言えませんが、以前のようなさっぱりした印象が失われている気がします。

何より、チェリアさんを無視して私にだけ挨拶をなさる時点で、私の知っているリリマージュ様ではありません。

ですが、ここはひとまず挨拶を返さなければなりませんね。

「これはリリマージュ様、お久しぶりです。こんな格好で申し訳ございません」

「いえ、お気になさらず。私は貴方が到着したと聞いて、いても立ってもいられずこうして参ったのですから」

からっとした物言いは以前とお変わりありませんが、余計に困惑してしまいます。

そこでようやくリリマージュ様がチェリアさんに目を向けられました。

「チェリアさんもお久しぶりです」

「はい、お久しぶりでございます」

チェリアさんに挨拶なさるリリマージュ様からは、どこか申し訳なさそうな雰囲気を感じました。

「すみません、奥の部屋にご案内していただけますか？」

自分から奥の部屋に通せとは、これまたリリマージュ様らしからぬお言葉。ですが、それを聞いてなんとなく察しました。

あくまで私の推測ですが、突然部屋を訪問してまで、どうしても私たちに伝えたい事があるのでしょう。

そして、それは決して良い事ではなさそうです。

「ええ、構いませんよ。えっと――」

「こちらへどうぞ」

到着したばかりでまだ室内の構造すら分かっていない私に代わり、チェリアさんが案内してくださいます。

ちなみに今私たちがいる部屋はゲストルームのようなもので、その奥に私とチェリアさんのプライベートルームがあるはずです。その更に奥には寝室があるのでしょう。

それくらいは分かるのですが、他にトイレもあれば、ナタリーたち侍女が休むための部屋だってあるのです。

立場的に、本来ならば私がリリマージュ様をご案内するべきなのでしょうが、スムーズにご案内できなかったらまずいですからね。

「ありがとうございます」

リリマージュ様は気分を害された様子もなく、チェリアさんにお礼を言いました。こういうところを見ると、リリマージュ様自体は以前とお変わりないのでしょう。

無論、早計は宜しくありませんので、その事については後でじっくり見極めねばなりません。ですが、まずは目の前の事に集中しないとですね。

いつもは五人の侍女をお連れになっていたリリマージュ様ですが、プライベートルームへは、習わし通り一人だけを連れて入られます。

私、チェリアさん、リリマージュ様の三人でテーブルを囲んだところで、ナタリーとフェニーさんがお茶の準備を始めました。

「無礼な真似をして申し訳ございません。ですが、どうしてもお二人にお伝えしたい事があったのです」

そうおっしゃってから、リリマージュ様は頭を下げられます。

「きっとそうだろうと思っていました。ですから、どうかお気になさらず」

「ありがとうございます」

私の言葉に、お礼の言葉を返してくださるリリマージュ様。

そして少し間を置いてから、再び口を開かれます。

「あまり長居はできないので、簡潔にお伝えします。この学園では、どうか十分にお気を付けください。特に二学年の者たちには要注意です。彼らに関しては現在、私が対応中ですので、くれぐれも手出しなさらぬよう」

こちらをじっと見つめるリリマージュ様の言葉を、私への忠告と受け取り、頭を下げました。

そんな私を見て、どこか困ったように微笑まれるリリマージュ様。

「実は現在、学園の雰囲気は良くありません。私が入学した頃に比べればだいぶ良くなりましたが、それでもアメリアさんにとっては、許せない事も多いでしょう。だからこそ、お願いです。私が良いと言うまでは、たとえお知り合いであっても、上級生への挨拶《あいさつ》は慎んでいただけませんか？」

「リリマージュ様からのお願いならば、喜んで従いますわ」

リリマージュ様が暗におっしゃっている事を、私は察しました。

爵位が上の相手には、自分から挨拶《あいさつ》に行くのが当然。また、この国は男性上位の社会でもありますから、爵位が同じであっても相手が男性ならば、私から挨拶に行くべきです。

この学園の上級生の中で、私が自ら挨拶に出向くべき相手は、リリマージュ様ともう一人——侯爵家令息であるカイル・バルグ＝インザーギ＝トルーク様のみ。私はお会いした事がありませんが、そのカイル様に何か問題があるのでしょう。

私が挨拶に行かないとなると、それはそれで問題だと思います。ですが、リリマージュ様はそれをご承知の上でおっしゃっているのでしょうし、下手に首を突っ込んで事態を悪化させたくはありません。

「アメリアさん、無理を言ってごめんなさいね。こうして私が挨拶に来ているのを知られたら、それもあまり良くないでしょう。ですが、そこは対応しておきます。事態が落ち着くまで少し時間はかかるでしょうけれど、どうか任せてくださいね」

私の様子を見て、自分の意図が伝わったと判断なさったのでしょう。リリマージュ様はそうおっしゃいました。

「承知しました」

私は笑顔で応えます。

学園は大精霊様が守護する特別な場所で、子供だけの楽園。そう言うと聞こえは良いですが、言ってしまえば、ある種の無法地帯でもあるのです。相手から恨みを買う事さえ恐れなければ、学園内でいかなる事をしても、学園外の人間から罰せられる事はありません。大精霊様が守護していらっしゃる場所だからこそ、外の人間が下手に介入すれば、大精霊様の怒りを買ってしまいかねませんからね。

この国には他にも大精霊様がいらっしゃいますので、仮に学園を守護する大精霊様が暴走されたとしても、最終的には止めていただけるでしょう。ですが、それまでのどれだけの被害が出るのか想像できません。

それを逆手《さかて》に取って、やりたい放題する生徒が後を絶たないと聞いております。特に上位貴族の子女に多いとか。

特権階級だと、ただでさえ我《わ》が儘《まま》が通りやすいですからね。彼らが甘やかされて育った事を考えると、ある程度は致し方のない事かもしれません。

淑女《しゅくじょ》を目指す私には考えられませんが、むしろ私やリリマージュ様が変わり種《だね》なのでしょう。

「万が一、向こうがアメリアさんたちに何か言ってくるようでしたら、その時は教えてください。まぁ、彼はそういう点では慎重ですので、私の息のかかった一年生には手を出さないと思いますが……ああ、すみません。忘れてください」

どこか疲れたようにおっしゃるリリマージュ様。これは相当手を焼いていらっしゃるようですね。

学園の噂はあまり外に漏れ出さないのですが、多少は聞こえてくるものです。リリマージュ様が入学なさる前は、それはもうひどい噂ばかりでした。

きっとリリマージュ様は問題のある生徒に一人で立ち向かい、そのたびに問題を解決なさってきたのでしょう。その分、苦労なさった事も容易に察せられます。

だからこそ、なんの事情も知らない私が下手に動くべきではありません。少なくとも状況が見えてくるまでは黙っておくべきでしょう。

「こうして私の部屋を訪ねてこられたのは、その方を牽制《けんせい》するためでもあったのですね」

ちゃんと分かっていますという意味を込めてそう口にしますと、リリマージュ様は苦笑されました。

「こうして先に牽制しておかねば、先を越されてしまう恐れがありました。ご存知かと思いますが、上位の貴族が自ら部屋を訪れるのはこれ以上ない親愛の証《あかし》。この数日は気が気じゃなかったのですよ。向こうが先に貴方に接触して、自分の派閥に取り込もうとするのではないかと。彼が貴方を新入生の中でもっとも気にしているのは目に見えていますからね。いえ、むしろ排除しようとしている雰囲気すらあります。でも、これで私と貴方が懇意《こんい》であると見せつける事ができたでしょうから、一安心ですわ」

「本当にお心遣いありがとうございます。心より感謝しておりますわ。大丈夫です、リリマージュ様のお手を煩《わずら》わせたりはしませんから」

私の言葉に、なぜか困ったように微笑まれるリリマージュ様。

「本当にお願いしますね。ああ、なんだか入学したての頃の私を見ているようで、ハラハラしてしまいます」

「何をおっしゃいますか。私なんてリリマージュ様の入学時に比べれば、まだまだですわ」

「あの、アメリア様……多分、そういう意味ではないと思います」

どうやら私はリリマージュ様のお言葉を誤解しているようで、チェリアさんから申し訳なさそうにツッコまれてしまいました。

そんな私たちを見て、急に笑い出されるリリマージュ様。

「ああ、アメリアさん一人では心配だけれど、チェリアさんがついているのなら安心ね」

「さすがにそれはひどいのではありませんか？」

「はわわわ、出すぎた事を言って申し訳ございませんでした！」

私をからかっていらっしゃる様子のリリマージュ様に、私は冗談めかして返したつもりなのですが、それを聞いたチェリアさんがますます縮こまってしまいました。なんだか、さっきから私は間違ってばかりいるようですね。

謝っていただく必要はないと弁解する私と、ひたすら恐縮するチェリアさん。そんな私たちを見たリリマージュ様は「お邪魔みたいね」とおっしゃって、颯爽《さっそう》と退室なさいました。

確かに良い頃合かもしれませんが、このタイミングで抜けられては困りますのに……

真新しい制服に身を包み、いよいよ入学式当日を迎えました。

先に準備を終えた私は、寮生が共同で使っているリビングでチェリアさんを待っていました。手持ち無沙汰《ぶさた》なのもあり、鏡の前で身嗜《みだしな》みの最終チェックをしてしまいます。

例の乙女ゲームと同じ、紺を基調とした可愛らしい制服です。実際に着てみると、現実の日本ではありえないデザインですね。

前世の記憶のせいか、まるでコスプレをしているかのように錯覚してしまいますが、この学園の生徒は原則としてほぼ全員着ておりますし、毎日着ていれば慣れると信じましょう。ちなみに男子生徒は前世の世界で言うブレザーのような制服です。

上位の貴族の中には普通のドレスを着ている方もいるのですが、着てみたら制服の方が遥かに楽なので、私はこちらを着る事にしました。

外出用のドレスを着るならきついコルセットは必須ですし、その点だけでも制服の方が楽なのは当然ですよね。

「思えば早かったですわね」

ふと、そんな事を呟《つぶや》いてしまいました。

前世の記憶が蘇《よみがえ》って三年と少し。まさかゲームと酷似《こくじ》している世界に転生していたとは思わず、それに気付いた時は大変驚いたものです。

ゲーム内では不幸な結末ばかり迎えていたので最初は心配でしたけれど、今のところ心配しすぎる必要はなさそうですね。

油断は禁物ですが、殿下との関係もゲームと違ってどんどん良好になっています。それにゲームのような取り巻きはいない代わりに、チェリアさんという親友を得る事ができました。ゲームには登場しなかった方々との交流だってありますしね。

何より、ゲームのスタートは二年後のはずですから、そこで何か起きるとしても、まだまだ時間はあります。その上、ゲームの主人公は転校生なのです。本当にその転校生がやってきたら、本格的に対策を考えるとしましょう。

考えを巡らせていると、私と同じ制服に身を包んだチェリアさんが、恐縮した様子で声をかけてきました。

「すみません、お待たせしてしまいました」

「いえ、むしろ私が早すぎただけですし、時間にはまだまだ余裕がありますわ」

私が笑顔で応えれば、ほっとしたように表情を和《やわ》らげるチェリアさん。その様子を見て、やはりここは特殊な場所なのだなと再認識致します。

この学園を守護している大精霊様のお力により、人間の感情が増幅されるというのは本当みたいですね。その証拠に、日が経つにつれて、チェリアさんの私への態度に遠慮の色が濃くなっておりますから。

生徒の感情が増幅される事により、このウィンブルダム学園では外では起こりえないようなトラブルがたびたび起こってしまうそうです。

それも当然でしょう、普段ならば言いたくても我慢している事を言ってしまったりするのですから。良い方向に転ぶ事もあるのでしょうけど、悪い方に転ぶ事の方が多いというのは容易に想像できます。

それでも、もう一つの学園であるミューズィーム学園よりこちらの方が人気が高いのは、王族や公爵家の子息はこちらの学園に通うという仕来《しきた》りがあるからでしょう。今年からは殿下もいらっしゃるわけですしね。

ただし、ミューズィーム学園には別の利点がございます。聖域ほどではないにしろ、精霊様が集まる土地に建てられているのです。そのため、精霊様に気に入られる生徒が平均して二、三年に一人は現れるとか――

「あの……アメリア様？」

チェリアさんから申し訳なさそうに話しかけられた私は、はっと現実に引き戻されます。いけませんね、また考え事に集中しすぎたようです。

「失礼しました、チェリアさん」

「はわわ、なんともったいない……！　こちらこそ、考え事の最中に話しかけてしまい申し訳ございませんでした！」

顔を赤くしながら、勢いよく頭を下げるチェリアさん。

学園に来る前にはだいぶリラックスした状態で接していただけていたのに、また出会った頃の関係に戻ってしまったようです。大精霊様の影響だと分かっていても、寂しいものですね。

『言っとくけど、アメリア以外の人間に力を使うのは嫌よ。私たち精霊は、邪魔されるのを非常に嫌う。それはあれも同じだからね。だからこそ、アメリアにはちょっかいを掛けて来ないんだし』

私の気持ちを察したのか、ディア様がそうおっしゃいます。

大精霊様の事を「あれ」呼ばわりされるのは、理由があります。聞けば、そもそも私たちが勝手に大精霊様と呼んでいるだけで、本当はちゃんと名前があるとの事。ただ、私たちには聞いても理解できない言葉らしく、また精霊に上下関係などないので、「あれ」で十分だとディア様はおっしゃいます。

「ええ、承知しておりますわ」

ふよふよと私の周りを飛ぶディア様に、笑顔でそう応えました。

すると、なぜか慌て出すディア様。

『で、でもでも、アメリアが本当に困ったら助けてあげるからね！　今はそれほど心配なさそうだからしないけど、何かあったら私が守るから安心しなさい』

そう言って、私の胸に飛び込んできます。

私はディア様を抱きしめ、お礼の言葉を伝えました。

「ありがとうございます、ディア様」

そのままディア様を撫でていた私の横で、何やらそわそわし出すチェリアさん。

ふと時計を見れば、もうだいぶ良い時間になっていました。

焦るほどではありませんが、普通に歩いて馬車の発車時刻にどうにか間に合うくらいでしょうか。

「すみません、結局私の方がお待たせしてしまったようですね」

「はわわわわ、だ、大丈夫です」

『むぅ、お前はしゃんとしなさい。別にこの程度の影響力ならば、心を強く持てば抗《あらが》えるでしょうに。まぁ、アメリアが好きで好きで仕方ないところだけは評価してるから、今後はもっと頑張って』

ディア様のお言葉に、ますます恐縮なさるチェリアさん。

ぷっと頬を膨《ふく》らませるディア様が可愛らしくて、ついつい笑みがこぼれてしまいます。

「さぁ、ともかく参りましょう」

チェリアさんが頷き、ディア様が姿を消されたのを確認してから、私は傍《そば》に控えていたナタリーとフェニーさんに目配せします。

扉を開けてくれた二人にお礼の言葉を述べつつ、私たちは部屋を出ました。


前世の入学式は、体育館で行われていました。この学園にも体育館のような場所はありますが、それとは別に、全校生徒が集合するための場所がございます。

そして敷地が広大であるゆえに、移動用の馬車が用意されており、それを使用しての移動となります。

寮の近くの停留所から目的地の停留所まで馬車で移動した私たちは、入学式の会場へ徒歩で向かっていました。

例の乙女ゲーには、そのあたりの描写はなかったような？　それに入学式などなくて、教室からスタートしていた気もします。

考えてみれば、恋愛ゲームである以上、恋愛にあまり関係のない部分は省略されていて当たり前ですね。集会の様子や移動手段を描く理由はなかったのでしょう。

あれ？　でもゲームのどこかに馬車や馬という単語が出てたかも？　うーん、思い出そうとしても思い出せませんね。

新入生が大勢集まる会場に到着し、私はそこで、ふと足を止めました。金髪をポニーテールにした、顔見知りの女性を見つけたからです。

聖域でよくお会いしていた伯爵令嬢なのですが、こちらに気付いていらっしゃらないようなので、近づいて声をかける事にします。

「ごきげんよう」

伯爵令嬢はびくっとした後、こちらを振り返りました。そして震える唇を開きます。

「こここここ、これはごきげんようございます、アメリア様……！」

「まぁ、そんなに恐縮なさらないでくださいませ。これから同じ学《まな》び舎《や》で学ぶ仲間ではありませんか」

「きょぶべつしごぐでずっ……し、舌噛んだぁー」

彼女は顔を真っ赤にし、右手で口を覆《おお》います。左手で制服の裾をキュッと握って、舌の痛みに耐えていらっしゃるようです。

これまで割と親しくさせていただいていたので挨拶《あいさつ》したのですが……むしろ可哀想な事をしてしまったみたいですね。

「すみません、大丈夫ですか？」

「うぅうぅうぅうぅ」

完全に混乱してしまった様子で、口を覆ったまま唸《うな》る伯爵令嬢。痛みからか恥ずかしさからか、それとも他の感情からか、完全に涙目になっています。普段は落ち着いた印象を受ける彼女すら、こんな風になってしまわれるとは。大精霊様の影響力というのは、やはり凄まじいようですね。

チェリアさんの態度を見て、大精霊様の影響力について分かったつもりになっておりましたが、実際は少しも分かっておりませんでした。今後はもっと気を引き締めて参りましょう。

「ああ、しゃべらなくて大丈夫ですわ。痛いでしょう？　急に話し掛けてしまってすみませんでした。どうか今後も宜しくお願いしますね」

私がそう言って頭を下げると、彼女はがばっと音が聞こえそうなほど、勢いよく頭を下げられました。

これではむしろ礼儀作法に反してしまうのですが、そのお姿を見れば、礼儀作法など気にする余裕がないのだと分かります。

「ですから、そんなに畏まらなくても良いのですよ。……とは言ってもなかなか難しいでしょうけど、この学園にゆっくりと慣れていきましょうね」

今にも泣き出しそうだった伯爵令嬢にそう声をかけると、ブンブンと何度も頷いてくださいました。

淑女《しゅくじょ》を目指している私としては、また作法が気になってしまいますが、今日はあえて何も言わない事にしましょう。

本来の彼女は私がお手本にさせていただいているほど礼儀正しい方ですし、感謝する必要こそあれど、非難する必要は何一つございませんわね。

「ああ、そろそろ式が始まりそうですね。私はこの辺で失礼させていただきますわ。チェリアさんもまた後で」

一歩下がった位置にいらっしゃるチェリアさんにも別れの言葉を告げ、私は自身の立ち位置へと急ぎます。

実家の爵位順に並ぶのが通例ですので、急がねばなりません。今年の女子生徒の中で最も爵位が高いのは、私ですからね。爵位で立ち位置が決まるのはどうかと思いますが、この国に階級が存在する以上、それも致し方のない事でしょう。

そんな事を思っていたら、生徒たちがまるで私の通り道を作るかのように、左右に分かれます。どうやら、先程の伯爵令嬢とのやり取りは注目されていたみたいですね。とはいえ、さすがにこうした反応をされるのは初めてですので、少し戸惑ってしまいました。

お茶会に出席した時は、私はあくまでお父様とお母様の付属品として扱われていましたし、女性というだけで軽く扱われる事も少なくありませんでしたから。

このような対応をされると、自分自身が急に偉くなったと勘違いしてしまいそうです。貴族の子息が学園に入ると更に我が儘《わがまま》になってしまうケースが多いのも、こういった事が原因の一つなのでしょうか。ここは特殊な場所なのですし、勘違いしないように私も重々注意しましょう。

そう思っていると、私が向かう先で二人の新入生が言い争いをしている事に気付きました。

「なぜ私の言う事が聞けない！」

「ですから、それだけは嫌だと何度も申しているではありませんか」

二人の男子生徒は強い口調でお互いに言い合った後、じっと睨《にら》み合っています。

他の男子生徒と同じブレザーを着ている彼らに、私は見覚えがありました。

赤目赤髪の方は、私の婚約者である殿下です。そして彼と向かい合っている、切り揃えられた青い髪と赤目が特徴的な男子生徒はディエル様でした。

メルドーグ公爵家の跡継ぎで、殿下の従兄弟に当たります。順位は低いものの、王位継承権もお持ちだとか。

私の存在に気付いた周囲の生徒たちが、ほっとしたような表情で、私のために道を空けてくださいました。私が来て助かったというより、私が来たおかげで二人から上手く距離を取る事ができて、ほっとしたのでしょうね。

その二人はと言えば、私が近くまで歩み寄っても気付かず睨み合っています。

私は作法にのっとり、二人に向かって腰を折りました。

「ごきげんよう、殿下。ディエル様」

すると、二人はようやく私の方を向きます。

殿下はともかくとして、博愛主義者で常に穏やかなディエル様が、これほど不機嫌な表情を見せるとは。口論の原因が気になりますが、三人の中で最も爵位の低い私に、発言権はございません。

この国の淑女《しゅくじょ》のように、相手から発言を促されても尚黙っているつもりはありませんが、私の理想とする淑女に照らし合わせても、余計な発言は控えるべきでしょう。

「ごきげんようだって？　……まったく呆れたものだ。少しは空気を読むという事を覚えたらどうだ？」

険《けわ》しい顔でおっしゃるディエル様。

いくらなんでも、挨拶《あいさつ》も返さずにこのような事をおっしゃるのはひどいと思います。ついつい表情が硬くなるのを自覚しつつ、私は答えました。

「失礼なのを承知で申し上げます。メルドーグ公爵家のご令息ともあろう方が、相手に挨拶も返さないというのはいかがなものでしょう？　唐突なご質問についても同様でございます。いくらこの学園が特殊な場所だとはいえ、公爵家のご令息ともなれば、この学園でも普段通りに振る舞うための訓練をしていらっしゃることでしょう。差し出がましいようですが、それ相応の対応をなさってはいかがかと」

そこまで言い終えた私は、謝罪の念を込めてお二人に頭を下げます。

少々言いすぎたかもしれませんが、ここで黙っていては、私の理想とする淑女像からズレてしまいますからね。

これで問題が起こってしまうようでしたら、それも淑女を目指すための試練と受け止め、乗り越えていく所存です。

そう心に決めて顔を上げると、ディエル様が苦虫を噛み潰したような表情を浮かべていらっしゃいました。

「たかが侯爵家令嬢の分際で、よくそこまで大きな口を叩けたものだな。私はディエル・ファイ＝フィルドバック＝メルドーグであるぞ。無礼な発言は控えたまえ」

低い声で唸《うな》るみたいにおっしゃるディエル様ですが、きっとこれでも感情を抑えていらっしゃるのでしょう。

これ以上言い返すべきではございませんね。何か言い返すとしても、ディエル様が冷静になられたのを見計らってからにすべきでしょう。

「大変申し訳ございませんでした」

私はそう言って、再び頭を下げました。

それにしても、事前に訓練を受けていらっしゃる方にすらここまで影響を及ぼされるとは、さすが大精霊様といったところでしょうか。

そう思っていましたら、殿下が憮然とした表情でディエル様に食ってかかりました。

「おい、私は別に彼女の発言を無礼だと思っていないぞ。むしろお前がもっと私に配慮するべきだろう」

ああもう、せっかく丸く収めるつもりでしたのに、何を言い出すのですか！　空気を読んでくださいませ！　精霊様に気に入られていらっしゃる殿下は、ディエル様と違って大精霊様の影響を受けていらっしゃらないでしょうに……。ディエル様への対抗心なのかなんなのかは分かりませんが、時と場合を考えていただきたいものですわ！

私は内心で大声を上げながら、殿下を無言で見つめました。睨《にら》まなかった自分を褒《ほ》めてあげたいくらいです。

全く、たまにものすごく勘が鋭い時もあるくせに、その勘を今みたいな時にはちっとも発揮してくださらないのですから。

「うっ、すまないアメリア嬢」

殿下は私の視線に込められた気持ちを察したのか、焦った様子でそうおっしゃいました。

その殿下の様子を見たら、私の頭も急に冷えて参ります。

なんとはしたなく、失礼な真似をしてしまったのでしょう。私もまだまだ未熟という事ですね。

「私こそ申し訳ございません、殿下。大変不躾《ぶしつけ》な視線を向けてしまいました」

心からの謝罪の言葉を殿下に伝えます。

すると、思いがけずディエル様から返事がありました。

「……いや、謝るべきは私だ。公爵家の子息として大精霊の影響を抑えるための訓練を積んできたというのに、影響を受けて頭に血が上ってしまったようだ。本当に申し訳なかった」

そう言って、私に頭を下げられるディエル様。

どうやら、いつものディエル様に戻られたようですね。

ほっとしながら見つめていると、顔を上げたディエル様と目が合います。するとディエル様が、私を促すかのように視線を周囲へと向けられました。

その視線をたどれば、こちらを注視している学生の皆様と、壇上でハラハラしていらっしゃる学園長のお姿が……

ああ、なるほど。ディエル様は別に私の言葉に納得したわけではなく、この場を収めるために謝罪されたのですね。

殿下もそれにお気付きになられたらしく、「……私の方もすまなかった」とおっしゃったので、一旦その場は収まりました。

これは、まだまだひと悶着《もんちゃく》もふた悶着もありそうですね。

私はつい、内心でため息を吐《つ》いてしまいました。

第十話　新生活

入学式は滞《とどこお》りなく終わりました。「クラス分けについては明日教室に紙が貼り出されるので、それを確認するように」というアナウンスの後、そのまま解散となります。

私はチェリアさんと合流し、寮の自室へ戻る事にしたのですが――

「殿下、言いたい事があるのでしたらおっしゃってください。ずっと黙ってついて来られると、気になって仕方ありませんわ」

私は足を止め、背後にいらっしゃる殿下を振り返りました。

ディエル様は式が終わるや否《いな》や、こちらを見る事もなく去って行かれたのですが、殿下は式の間もずっと私の顔色を窺《うかが》っていらっしゃるようでした。

なのに、式が終わっても何もおっしゃらないので、私はお先に失礼させていただく事にしたのです。けれど、殿下は一定の距離を保ってついて来られるのでした。

邪険にされていた頃の事を思えば、私の事を気にかけてくださるのは嬉しいのですが、最近、時折こうして私の様子をじっと窺っていらっしゃる事が増えました。

正直、少し鬱陶《うっとう》しいなんて思ってしまいますが、これは私の辛抱が足らないだけなのでしょう。

「いや、その……すまなかった」

「なんの事でしょうか？」

笑みを浮かべてお聞きしましたら、なぜか殿下が固まってしまいました。

思わずため息が出てきそうなのをこらえ、私は言葉を重ねます。

「自分でも理由が分からないのに謝るのはやめてくださいと、前に申し上げたでしょう？」

私の言葉に、グッと詰まる殿下。

この反応は予測しておりましたので、なんとか笑顔をキープできました。

本当に、どうしてこうなったのやら。こういう時だけは、以前の冷たい殿下が懐かしくなってしまいますね。

「いや、理由も分からず謝ったわけではない。君への対応を間違えたようだから謝ったのだ。……ただ、何をどう間違えたのかは分かっていない。それは私のミスだな。すまない」

困った顔で、言葉を選びながらおっしゃる殿下。

その姿を見て、いかに自分が殿下に甘えてしまっていたかに気付き、私は恥ずかしくなりました。

これで淑女《しゅくじょ》を目指しているだなんて人に言ったら、鼻で笑われてしまいますわ。

「いえ、謝るべきなのは私でございます。式の前に殿下をじっと見つめたのは、『私が頭を下げる事によってその場を収めるつもりでしたのに、なぜディエル様を刺激するような事をおっしゃるの？』と思ってしまったからです。今になって冷静に考えれば、殿下は私を庇《かば》ってくださっただけですのに……」

そう言いながら、自分の未熟さ加減に深く落胆致します。こうして新たな問題点が見えたからには、改善しなければなりませんね。

私が内心そう決意していると、殿下が慌てて口を開きます。

「いや、その、庇ったというか……私もディエルには頭に来ていたからな。だから、あのまま何も言わずにいるのは私のプライドが許さなかっただけだ！」

不機嫌な表情でおっしゃる殿下ですが、恐らくこれは照れ隠しなのでしょう。親しくなる前は真に受けてしまった私ですが、今ではなんだか微笑ましい気持ちになります。

そんな気持ちのまま、殿下に微笑みかけました。

「そうだったのですね」

同い年の私がこんな事を思うのはおかしいかもしれませんが、殿下はいわゆる「お年頃」というやつなのかもしれませんね。チェリアさんも異性と話すのは緊張するとおっしゃっていましたし。

殿下も女の子相手だと色々やりにくいのだろうなと思いながら、私は問いかけます。

「差し支えなければ、それまでディエル様と何を話していらっしゃったのか、お教えいただけますでしょうか？」

改めて考えてみても、やはりディエル様が私に対していきなりああした態度を取られたのは、腑《ふ》に落ちませんからね。

三日前に寮のお部屋にご挨拶《あいさつ》に伺った時は、普段通りのご様子でしたし。

「ああ、ディエルの奴が私の隣に立とうとしたんだよ。それで、私の隣には未来の正妃が立つのが相応《ふさわ》しいだろうから、アメリア嬢に場所を譲れと言っただけだ。……ご、誤解するなよ？　別に君と隣同士になりたかったというわけではなくて、その方が自然だと思ったからだ！　……アメリア嬢？　どうしたんだ？」

心配そうな殿下に呼びかけられて、はっと我に返りました。

ああ、びっくりしました。それはもう、聞いている途中で思わず固まってしまうほどに。

殿下のお言葉を反芻《はんすう》した私は、顔に貼り付けたような笑みを浮かべました。お年頃だからとか、そういう理由で済ませられる問題ではありません。

「……どうしたもこうしたもありませんわ。殿下」

目が全く笑っていないのを自覚しながら、殿下に向かって言います。

殿下は喉《のど》をごくりと鳴らし、どこか怯《おび》えたような目で私を見つめていました。

「普段あんなに温厚なディエル様が、あそこまで露骨に嫌悪感を示されるだなんて、おかしいと思っていたのですよ。……まぁ、私とは考え方の違いからたまに衝突してはおりましたけど。まさか、殿下がディエル様に対してそんな事をおっしゃっていただなんて、これっっっっっっっぽっちも想像しておりませんでしたわ」

私が最後の言葉をわざと強調して言うと、殿下が明らかにうろたえ始めます。

ですが、許して差し上げるわけには参りません。

「精霊様に気に入られている私たちは、幸い大精霊様の影響を受けていないのですよ？　ならば、影響を受けてしまっている方々へ配慮するべきではないですか？　それとも、そう思う私が間違っているのでしょうか？」

私が殿下をじっと見つめながら言うと、殿下はキョロキョロと視線をさまよわせた後、伏し目がちに口を開かれます。

「……その、本当にすまなかった」

「殿下、私は謝っていただきたいわけではございません。質問にお答えいただきたいのです」

謝って有耶無耶《うやむや》にしたいというお気持ちは分かりますが、将来国王になられる方だというのに情けなさすぎます。私としても、この程度で逃がすわけには参りません。

すると、その気持ちが伝わったのか、殿下が私と目を合わせておっしゃいました。

「アメリア嬢の言う通り、私の配慮が足りなかった事を認めよう。本当にすまなかった」

今度はキリッとした表情で、しっかりとおっしゃった殿下。なんだかんだ言って、器《うつわ》の大きな方だと思い知らされます。

決して開き直らず、人の言葉を素直に聞き入れる事ができるところは、心の底から尊敬できますね。

思わず感心していた私ですが、気付けば周りの生徒がこちらに注目していました。

「差し出がましい事を申して、大変失礼致しました。はしたない真似をしてしまいましたわ」

「なんの、私を思って進言してくれたのだろう？　ならば構わぬさ」

殿下の優しいお言葉に、つい甘えてしまいそうになってしまいます。

ですが、ここで甘えてしまっては、理想の淑女《しゅくじょ》になるなど夢のまた夢。

「いえ、せめて人の少ない場所で話すべきでした。殿下の器の大きさに感服すると共に、己《おのれ》の未熟さを痛感しております。ですから、どうか謝らせてくださいませ」

そう言って、深く頭を下げました。

これは前世からの悪癖《あくへき》なのですが、私は熱くなりすぎると、どうも周りが見えなくなってしまうみたいです。つい考え込んでしまう癖もそうですが、少しずつ改善するよう努めなければなりません。

決意を新たに殿下へ視線を戻すと、殿下はわずかに迷われた後、笑みを浮かべて「気にするな」とおっしゃいました。

時に少年らしい面が垣間見《かいまみ》えますが、同時に懐《ふところ》の深さも感じさせられますね。

あれ？　でも、何かものすごい違和感を覚えてしまいます。

「どうした、大丈夫か？」

「……ああ、すみません。大丈夫です。ちょっと考え事をしてしまいました」

また考え込む癖が出て、殿下を心配させてしまったようです。それ以前に殿下を放っておいては失礼ですし、考えるのは後回しにしましょう。

「ディエルには私から話しておこう。アメリア嬢にはいらぬ迷惑を掛けてしまったな」

殿下は私がディエル様の事を考えていたと思ったらしく、どこか申し訳なさそうにおっしゃいます。実際は全く違う事を考えていたわけですが、ここは話に乗っておいた方が良いでしょう。

「すみません、宜しくお願い致します。私もディエル様とは頃合を見てきちんとお話しさせていただこうと思っていますが、ディエル様の気持ちが落ち着かれるまで、少し時間がかかるかもしれませんからね」

「そうだな。この学園では感情が増幅される分、上手くコントロールできれば気持ちの切り替えも早くなるのだが、入学初年度はなかなか上手くいかず、問題が多発するそうだ。ディエルも訓練を積んできたはずなのに、どうも平静を保てないと話していた。時間を置くというのは良い考えだろう」

話しながら、表情を険《けわ》しくしていく殿下。そこで一旦言葉を切られましたが、まだ何かあると判断した私は、そのままじっと続きを待ちます。

殿下は軽く息を吐き出された後、私に真剣な眼差しを向けました。

「アメリア嬢。どうかこの学園では決して油断しないように。大半の者は年度を追うごとに人として成長していくが、逆に堕落《だらく》する者もいるからな」

そのお言葉を聞いて、お母様や先生方からのご忠告を思い出しました。

「上位貴族の子女はその身分ゆえに、この学園でも我《わ》が儘《まま》が許されてしまう――それが問題だという事ですね」

「そういう事だ。ともすれば、社交界以上に醜《みにく》い争いが生じる事もある。生徒たちの間だけでなく、教師などの学園関係者の間でもな。ちなみに毎年の入学者の中で最も爵位が高い者の評判が、学園の人気に大きく関わってくる。それ次第では、ミューズィーム学園と人気が逆転するもあるほどだ」

殿下のお言葉を聞いて、このウィンブルダム学園についての噂を思い出します。

この学園には、「暗黒時代」と呼ばれる時代がたびたび訪れます。問題のある上位貴族の子女が入学して、学園が荒れる時代の事なのだとか。

一昨年にリリマージュ様がご入学なさるまで、この学園は何度目かの暗黒時代を迎えており、それは学園の歴史の中でも特にひどい時代だったといいます。

そして、この国に二つある学園は、常に人気を争っているのです。ウィンブルダム学園には大精霊様の守護を受けているという利点があり、ミューズィーム学園には大精霊様がいらっしゃらない代わりに、聖域ほどではないにしろ精霊様が集まるという利点がございます。

各年代の最上位の貴族がこちらの学園に通うという決まりがあるので、基本的にはこちらの方が人気が高いのですが、その生徒に何か問題があれば、容易に逆転してしまうことでしょう。

「リリマージュ様が入学し、荒れまくっていたこの学園を正されたというのはかねがね聞き及んでおります。それを女性の身でありながら成し遂げられたリリマージュ様を、心より尊敬しておりますわ。リリマージュ様とは、またゆっくりお話ししたいですわね」

リリマージュ様と気軽にお話できていた頃を懐かしく思い出しながら口にすると、殿下が一気に不機嫌になってしまいました。

そのお姿を見て「しまった」と思いましたが、一度口から出てしまった言葉を打ち消す事はできません。

「そんなに話したいのなら、今すぐ話してくれれば良いだろう」

冷たい声色で言われて、自責の念が浮かんできます。

陛下とお話ししている最中に他の方と話したがるだなんて、怒らせてしまって当然ですね。

「今は殿下とお話し中だというのに、失礼致しました。リリマージュ様が入学なさる前の事を思い出してしまったもので、つい……」

事実を口にしただけですが、まるで言い訳しているみたいですわね。

私が内心で反省していると、不機嫌になっていた殿下が大きく深呼吸をなさいました。そして苦笑を浮かべておっしゃいます。

「リリマージュ殿が入学された時はすごかったと聞くぞ。その後の学園生活もなかなかに壮絶だったようだ」

今までの殿下でしたら私を激しく叱責していたでしょうに、咎《とが》める事なく会話を続けてくださいました。その成長ぶりに思わず感心してしまいます。

確か前世の世界には「男子三日会わざれば刮目《かつもく》して見よ」という言葉がありましたが、まさにその通りですわね。私も見習わなければなりません。

「学園生活の事は詳しく知りませんが、色々あったのでしょうね。それはご本人に直接お聞きしたいと思います。お心遣い誠にありがとうございます」

私がお礼の言葉をお伝えすると、殿下はなぜか不思議そうな顔をなさいました。

意味が分からず、私はきょとんとしてしまいます。

「いや、その、なぜ君がお礼を言うんだい？」

少し照れながら、そうおっしゃる殿下。

男性に対して失礼かもしれませんが、そのお姿があまりに可愛らしくて、私の顔に自然と笑みが浮かびます。

「私が急にリリマージュ様のお名前を出したので、殿下は内心面白くなかったでしょうに、話を合わせてくださったからです。以前、『婚約者として、私なりに大事にしている』とおっしゃってくださった事を覚えていらっしゃいますか？　今それを思い出して、本当に大事にしてくださっているんだなぁと改めて思いまして……」

今までは正直、口先だけだと思っていましたからね。

殿下の成長が尚更微笑ましく思えます。

ああ、この気持ちは親心にも似ているかもしれません。もしくは弟の成長を見ているような気持ちでしょうか。

きっと殿下の方も私を姉妹みたいに思ってくださっているのでしょうし、仲良くなれて本当に良かったと思います。

「そそそ、そうだな。うん、もっと感謝すると良い」

照れ隠しのようにおっしゃる殿下に、つい笑みがこぼれてしまいます。

とても温かな気持ちに包まれますが、同時になんとも言えない喪失感《そうしつかん》を覚えました。

実はこれまでにも、こうした不思議な感覚を味わった事があります。ですが、前世でのトラウマが関係しているのだと薄々気付いているからこそ、考えるのを後回しにしてしまいました。

そんなの私らしくないと思うのですが、今はまだ向き合う勇気が持てなくて……

自分自身への言い訳だと分かってながら、つい内心で呟《つぶや》いてしまいます。いずれきっと向き合いますから、どうか今は許してくださいと。


『あああ、もう最悪だわ！』

部屋に戻るや姿を現し、勢いよく飛び回られるディア様。

とても不機嫌でいらっしゃるのは一目瞭然《いちもくりょうぜん》でした。

ただ、流れ込んでくる感情があまりに強すぎて、何に対して怒っていらっしゃるのかイマイチ分かりません。

「ディア様、いかがなさったのです？」

私は頭上を飛び回るディア様を見上げて、そう尋ねました。

本当は私が殿下とお話ししている間、空気を読んで一歩後ろに控えていてくださったチェリアさんを、今すぐ労《ねぎら》って差し上げたいのですが……。精霊様を後回しにはできませんからね。

そんな事をすればディア様が憤慨《ふんがい》され、チェリアさんに更に心労を掛けてしまうのは、目に見えております。

私はひとまず心の中でチェリアさんに謝っておきました。

『どうもこうも、あれは一体何を考えているの!? アメリア! 今後は私が守ってあげるからね!』

興奮しすぎているせいか、要領を得ないディア様のお言葉に、さてどうしたものかと頭を捻《ひね》ります。

チェリアさんの方をちらりと見れば、「全て分かっています」と言わんばかりに、笑顔で頷いてくださいました。

常に出しゃばらない姿勢は実にこの国の淑女《しゅくじょ》らしいですが、私も時と場合によっては見習うべきでしょうね。

「ディア様、お茶をお淹《い》れしますので、詳しくお聞かせくださいますか?」

私の胸に飛び込んできたディア様を抱きしめつつ、あやすように言います。するとディア様が顔を上げ、可愛らしく頷いてくださいました。そのお姿を見て心が少し和《なご》みます。

「ナタリー、フェニーさんと一緒に、お茶の準備をしてくれますか?」

「承知しました」

ナタリーが返事し、フェニーさんと二人で頭を下げます。

この二人も上手くやってくれていると良いのですが……。私たち主人の前では私語を慎んでいるため、その辺は分かりませんからね。

まぁ上手くいっていると信じておきましょう。険悪ならばさすがの私でも気付くでしょうし、もし気付いていていないのだとしても、それが分かった時点で迅速に対応すればいい話です。

『わーい、アメリアとお茶だー』

お茶と聞いて途端に喜びを露《あら》わにされるディア様の頭を撫で、私はテーブルへと向かいます。

ここへ来たばかりの頃は、こうして私が自ら椅子を引く姿を見て、フェニーさんが驚いていましたね。そんなフェニーさんを見て、思わず笑みがこぼれるのを禁じ得ませんでした。

今の私は、貴族社会では異端とまで言われかねないくらいの変わり者でしょう。その自覚はございましたが、フェニーさんの驚く顔を見て改めて実感したのです。

部屋の事だってそうです。いくら寮の部屋が広いとはいえ、上位貴族の子女は複数の部屋を一人で借りるのが当たり前ですからね。聞けば伯爵家以上の家の子で部屋を一つしか持っていないのは、私だけだそうです。しかも、誰かと同室なのはこちらの学園では前例がないとの事。

ですが、やはり部屋が二つも三つもは必要だとは、とても思えません。一つの部屋の中に幾つも部屋がありますし、それぞれ十分に広いですからね。何部屋もお借りしたところで、余らせてしまうだけでしょう。

「チェリアさんには本当に感謝しておりますわ」

そうお伝えしましたら、チェリアさんにキョトンとされてしまいました。

……って、それも当然ですわよね。また一人で考え込んでおきながら、突然話しかけてしまったのですから。

さすがにここまでやらかす事はめったにないのですが、親しい友人と一緒なので、気が抜けてしまっているようです。前世の国の諺《ことわざ》に「親しき仲にも礼儀あり」というのがありましたし、これは猛省しなければなりません。

「大変失礼致しました。チェリアさんのおかげで、私はこうして快適に生活できています。ですから、そのお礼を言いたかったのですわ」

「そんな、私の方こそただの男爵令嬢でしかありませんのに、こんな立派なお部屋に同居させていただいて……アメリア様には感謝しきりですわ」

慌てた様子でそうおっしゃるチェリアさん。確かに男爵令嬢ですと、ここよりも遥かに狭い部屋を二人で使うのが普通ですからね。

「ふふふ、それではお互いに感謝という事ですわね」

「そんな、畏《おそ》れ多いです……」

恐縮しているチェリアさんを微笑ましく思っておりますと、何やら良い匂いが漂《ただよ》ってきました。

そちらへ視線を向けると、お茶を運んでくるナタリーの姿が。フェニーさんの方はお茶菓子を運んできてくれます。

「お待たせ致しました。アメリア様、フェル様、チェリア様」

「ありがとう、ナタリー」

「ありがとうございます、ナタリーさん」

『準備できたのね！　アメリアに抱っこしてもらってたから平気よ。ありがとう』

私たちの言葉を聞いて、頭を下げるナタリー。

ああ、楽しみですわ。彼女の淹《い》れるお茶は本当に美味ですからね。個人的には、この世界で一番美味《おい》しいお茶だと思っております。

ディア様が私の膝の上から、さっそく手を伸ばされました。

『ふにゃー、美味しぃー。まさか人間がこんなに美味しいものを飲んでいるなんてね。ああ、このお菓子も美味しぃー』

そう言いながら、夢中になって頬張《ほおば》られるディア様。

先程までバシバシ流れ込んできていた怒りの感情も、完全に消え去っています。

私は、そのお姿に癒《い》やされつつ言いました。

「ナタリーの淹れるお茶は美味しいですわよね。今日のお茶も本当に美味しいですわ」

「もったいないお言葉、誠に畏れ入ります」

そう言いながらも、どこか誇らしそうにするナタリー。

フェニーさんはディア様にまだ慣れていない様子で、壁際に控えたまま視線をさまよわせていました。

「フェニーの淹れるお茶も十分に美味しいですけれど、こればかりはナタリーさんの方に分《ぶ》がありそうです」

チェリアさんがうっとりしながらおっしゃると、ナタリーは再び「畏れ入ります」と言いながら頭を下げました。

この学園に来ても、ナタリーは一切変わる事がありませんでした。それだけ彼女の精神力が強いという事でしょうか。本当に、私にはもったいなさすぎる侍女ですね。

一刻も早く彼女の主人として相応《ふさわ》しくなれるよう、もっと努力しなければ。

「そういえば、ディア様。先程は何やら憤慨《ふんがい》していらっしゃるご様子でしたが、その理由をお聞きしても宜しいでしょうか？」

頃合を見計らってディア様に問いかけると、再び激しい怒りの感情が流れ込んできました。

ただ、少し時間を置いたためか、それともお茶とお菓子でディア様の機嫌が回復したためか、先程よりは落ち着いていらっしゃるようです。

『あれが信じられない事をやらかしてたの！　だからね、アメリアが前に言っていた「あれからの影響を阻害してほしい」というお願い、聞こうと思う！』

ディア様は尚も不機嫌そうにしていらっしゃいますが、この分ならば普通にお話しできそうですね。

「何があったのか詳しくお伺いしても宜しいですか？」

『あーもう、あれがムカつく事をしてくれたのよ！　前から違和感はあったんだけど、私は攻撃に関する事以外は苦手だからすぐに気付かなくて……。ごめんなさいアメリア。でも大丈夫よ、これからは私がきちんと守るから！』

「という事は、大精霊様が私に何かなさっていたのでしょうか？」

どんどんヒートアップなさるディア様に、そう問いかけます。「あれ」というのはいつも通り大精霊様の事でしょう。

どうやらその推測は正しかったようで、ディア様の目が据わります。

『信じられる？　あいつってば、他の生徒たちのアメリアに対する負の感情が、高まりやすいようにしていたのよ⁉　どの感情も等しく増幅させるのならば別に気にしないんだけど、まさか負の感情だけ特別に増幅させるだなんて。ここまで露骨に喧嘩《けんか》を売ってくるとは思わなかったわ！　ごめんなさい、私が舐められたばっかりに……』

ディア様のお言葉に、私は驚いてしまいました。

大精霊様が、そんな事をなさっていたなんて。だからディエル様も、私にあんな態度を取られたのでしょうか？

ならば、ディエル様の態度が軟化したからといって安心するのは危険でしょうね。

激しくお怒りのディア様を見ながら、私は深呼吸をして気持ちを落ち着けます。そしてコロコロと表情を変えるディア様を抱き寄せ、にっこりと微笑みかけました。

「ディア様、お心遣い誠にありがとうございます。大精霊様の意図は分かりませんが、確かに私にとっても由々《ゆゆ》しき事態です。でも、私にはディア様がいらっしゃいますから、心配はしておりません。今、改めて己《おのれ》の幸福を噛み締めておりますわ」

私の言葉に、ぱぁっと表情を明るくされるディア様。

『うん、任せて！　苦手だけど、あれのやっている事を妨害して見せるわ！　さすがに全て防ぐ事はできないと思うけど、邪魔するくらいはできるからね！』

「はい、頼りにさせていただきます。本当にありがとうございます」

その言葉を聞くと私の腕から抜け出し、嬉しそうに飛び回られるディア様。

本当は自力でなんとかしたいところですが、精霊様が相手となると、人の力は到底及びませんからね。

とはいえ、できる事には全力を尽くさねばなりません。

第十一話　予想外の人物

翌朝、チェリアさんと共に寮を出た私は、各教室の前に貼り出されたクラス分けの紙を確認しました。

私の希望通りチェリアさんとは同じクラスになれましたが、婚約者である殿下は別のクラスのようです。

これは完全に予想外ですね。普通、婚約者同士は同じクラスになりますし、それでなくとも上位の貴族はクラス間の対立を避けるため、基本的に同じクラスにされるものですから。

ディエル様とクラスが違うのは、まだ納得できるかもしれません。これまでもディエル様とは、お茶会で衝突……とまではいかなくとも、意見をぶつけ合った事がありますからね。揉め事ができるだけ起きないように、引き離されるのは当然でしょう。もしかしたら、入学式の時のやり取りも考慮されたのかもしれません。

そんな事を考えながら、私は自分の席に着きました。ちなみに最前列のど真ん中です。集中して授業を受けたかったので、これは好都合ですね。

チェリアさんは私の後ろの席です。きっとチェリアさんの家が男爵家なので、隣の席にしたらさすがに私に失礼なのではないかという、学園側の無駄な配慮でしょう。周りを見ても、最前列の席に座っているのは位の高い貴族ばかりで、逆に位の低い方々ほど後ろの席に割り振られていますから。

前世の国では、後ろの席が良いという人が多かったと記憶しております。ですが、この学園に入学するのは人の後ろに甘んじるのを嫌う方か、あるいは学びたいと心から思っている方がほとんどですから、前の席の方が人気なのです。

「……さすがにこれはあんまりです」

ふと後ろから声が聞こえてきました。振り返ると、どこか不機嫌そうにしているチェリアさんの姿がありました。

あくまで独り言だったようで、チェリアさんは私の方を向いてはおりません。何を見ていらっしゃるのかと思ってそちらを見ると、数人の生徒が私を睨《にら》みつけていました。

実は教室に入るまで――いえ、教室に入ってからも、敵意のこもった視線をいくつも感じていました。何やら私は不自然なほど注目されているようです。

これも大精霊様の影響により、私に対する負の感情が高まっているせいでしょう。ディア様は私を守るとおっしゃってくださいましたが、すでに高まってしまった感情を元に戻す事はできないとの事でした。

とはいえ、その程度の事ならば、淑女《しゅくじょ》を目指すための良い試練となります。大精霊様にそんなおつもりなどない事は承知の上ですが、考え方一つで私のモチベーションが全然違いますからね。

私は未だ不機嫌そうに周りを見ているチェリアさんに微笑みかけました。

「お心遣いありがとうございます、チェリアさん。ですが、皆さんは大精霊様の影響を受けていらっしゃるのですから、多少は仕方ないでしょう。幸いディア様のおかげでこれ以上悪化する事はなさそうですし、大した問題ではありません」

私の言葉にはっとした後、チェリアさんはばつの悪そうな表情を浮かべます。

ですが、何か言いたそうにもしていらっしゃいました。

「チェリアさん、思っている事があるなら、どうか話してくださいませ」

礼儀を非常に重んじる方だと分かってはいますが、友達に遠慮されると、やはり寂しさを感じてしまいます。

この教室も階級社会ですし、他の人の目がある以上は仕方ないのでしょうけれど、せめて寮の自室にいる時くらいはもう少し砕けて欲しいですね。

学園に来る前は今より砕けた会話ができていただけに、そんな事を思ってしまいました。

すると、チェリアさんが伏し目がちにしながら、恐る恐る口を開きます。

「……その、アメリア様の印象が悪い方向に傾いてしまった現状が、とても腹立たしいのです。今後はアメリア様の精霊様が守ってくださるとの事ですが、他の皆さんがすでに抱いてしまっている感情を変える事はできないのですよね？　アメリア様は何も悪い事をしていないのに、なぜこのような事態になってしまったのかと思うと、悔しくて……」

言葉通り、悔しそうに唇を噛み締めるチェリアさん。

その優しさを感じて胸が温かくなり、私は自然と笑顔になります。

「ありがとうございます。そのお気持ちだけでとても嬉しいですわ。私は別に、全ての方に好かれたいとは思っていないのです。ですから、この状況はむしろ好都合とも言えますわ」

私の言葉に小首を傾げるチェリアさん。

本当に可愛らしくて、うらやましくなってしまいます。私が小首を傾げても、きっと同じようにはならないでしょう。

内心そんな事を思いつつ、更に言葉を重ねます。

「だって、そのおかげでチェリアさんと、こうして二人でゆっくりお話しできるんですもの。私自身に魅力がなくともランドーク家の名がある以上、その名に群がって来る方々は多いですからね。無論、それは致し方のない事だと理解しておりますが、せっかくの学園生活をそんな方々ばかりに囲まれて過ごすのは、もったいないと思います。だからこそ、無理を言ってチェリアさんと同室にさせていただいたのですよ」

確か、以前も似たような事をチェリアさんに言いました。チェリアさんはその時と同じく頬を上気させ、「なんともったいないお言葉でしょう」とおっしゃいます。

「もったいないだなんておっしゃらないでくださいませ。私の我儘《わがまま》に、チェリアさんが応えてくださったのですから。とにかく大精霊様のおかげで、ランドーク家の名前に群がってくる方々に囲まれる事はなさそうです。そう思えば、決して悪い事ばかりではありません。そもそも嫌な視線を向けてくる方々は、大精霊様の影響を受ける前から私を嫌っているわけですし、あまり気にしすぎる必要はないと思いますよ」

私はそう言い切りましたが、チェリアさんは不安げな顔をなさいます。

「私が懸念しているのは、本来ならばアメリア様に好意を抱くはずだった方々まで、悪い方に流れてしまいそうだという事です」

「ああ、そうだったのですね。もちろん、そういう事もあるでしょう。ですが、縁というものはそうそう簡単には切れないと私は考えております」

「縁、でございますか？」

怪訝な顔をしているチェリアさんに、私はまた微笑みかけます。

「そうです。この程度で切れる縁ならば、遅かれ早かれ切れてしまう事でしょう。逆に、本当に結ばれるべき相手との縁は、この程度の問題などものともしないはず。ともかく、起こってしまった事に対して悩み続けるのは時間の無駄ですわ。私たちには、そのような暇などないはずでしょう？」

「おっしゃる通り、私の考えすぎかもしれませんね……。ですが、悩んでいる暇もないとはどういう事でしょう？」

そのチェリアさんの疑問が不思議だったので、つい小首を傾げてしまいました。私には似合わない仕草でしょうから、するつもりはございませんでしたのに……不覚です。

「これから私たちは勉学に励むわけですよね？　加えて社交界に出るための準備だってしなければ

なりませんし、何よりこの学園にいる間に人脈を増やしておかなければなりません。悩んでいる暇などないと思いませんか？」

私の言葉に、チェリアさんが目を見開かれました。そして、思ってもみなかった事をおっしゃいます。

「アメリア様はご実家にいらした時も、一生懸命勉学に励まれていましたよね？　私はてっきり、学園生活を余裕を持って過ごすためだと思い込んでおりました。ですから、学園の授業も必要のないものは受講なさらないと思っていたのですが、全て受講なさるおつもりなのですか？」

チェリアさんの言葉を聞いて、私はついつい笑ってしまいます。

「ふふふ、何をおっしゃいますか。私は自分の未熟さを弁《わきま》えておりますし、もっともっと励まねばなりませんわ」

チェリアさんが、口をあんぐりと開かれました。さすがにこれははしたないと思うのですが、それだけ私の発言が衝撃的だったという事でしょう。かと思うと、今度はこちらへ身を乗り出すようにして、こんな事をおっしゃいます。

「ま、まさか本気でおっしゃっているのですか!?」

「え、ええ。もちろんです」

いつものお姿からは考えられないその勢いに、思わず体を引いてしまいました。

もはや「はしたないですよ」と注意する余裕もない私に、チェリアさんはなおもおっしゃいます。

「確かにさすがのアメリア様でも、まだまだ未熟な点はあるのかもしれません。ですが、私は同年代でアメリア様以上に努力していらっしゃる方など他に存じ上げません。もちろん謙遜は美徳ですが、あまりご自身を低く見積もられるのは宜しくないと思いますよ」

すっかり息を荒くしているチェリアさん。普段の彼女からは想像もつかないお姿だったので、私は咄嗟《とっさ》に言葉が出てきませんでした。無意識に口が開いてしまっていた事にも、ようやく気付く始末です。

私は気を取り直すため、軽く深呼吸してから言いました。

「おっしゃる通り、時には自己を正しく評価する事も必要でしょう。けれどそれを誤り、自己を過大評価してしまう事は危険だと考えております。そして、それは淑女《しゅくじょ》を目指す私にとって致命傷となりかねません。その事については、以前お話しした事があるでしょう？」

その時の事を思い出したのか、何か言いたそうにしていたチェリアさんですが、口をもごもごと動かすだけで結局何もおっしゃいませんでした。

ただ、なんだか落ち込んでいらっしゃるご様子。恐らく冷静さを取り戻すと同時に、先程の言動を後悔していらっしゃるのでしょう。

「チェリアさん、落ち込まないでください。先程の振る舞いは確かにはしたないと感じましたが、私は貴方の事を親友だと思っておりますから、ああ言っていただけて嬉しかったのです。少なくとも私は全く気にしておりませんし、今後も寮の部屋にいる時は同じように接していただきたいと思っているのですよ」

そうお伝えしたのですが、チェリアさんはまだ納得のいかないご様子で、黙り込んでいらっしゃいます。

とにかく、私は伝えたい事は伝えました。

チェリアさんがそれを自分の中でどう処理なさろうと、私はそれを受け入れるだけです。親友だからといって、無理に私に同調していただく必要などないのですから。

むしろチェリアさんが自分の心を押さえつけてまで私に同調しようとなさらないよう、注意する事にしましょう。

チェリアさんが大精霊様の影響を受けていらっしゃる以上、私が気を付けて差し上げるべきでしょうからね。

そんなやり取りをしているうちに、授業の開始時間が近づいていました。見れば、教室の席はだいぶ埋まっています。

恐らく今日はオリエンテーションのようなものだけで、本格的な授業はまだ先なのでしょう。ですが、気を引き締めてかかる事にします。

「そろそろ先生がいらっしゃいますから、おしゃべりはここまでにしましょう」

「はい、アメリア様」

ようやく笑顔を見せてくださったチェリアさんに、頷いてから前を向きます。

そこで、ちょうどチャイムが鳴りました。

「さあっ、集中しましょう」

気持ちを切り替えるために、私は大きめの声を出しました。

すると、教室中がしんと静まり返ります。

またもや敵意のこもった視線が私に集まりました。先程は数人程度でしたが、今度は教室中の生徒が私に注目しています。

それほど大声を上げたわけでもないのに、ここまで剣呑《けんのん》な視線を浴びせられるとは。この教室にいる生徒は比較的位が高い分、大精霊様の影響力に耐える訓練をなさった方が多いはずですのに……

と、思わなくもないですが、あのディエル様でさえ明らかに影響を受けてしまっていましたからね。それに、逆に特権階級にいるがゆえに、辛い訓練をなさらなかった方も多いのかもしれません。

一人で納得しつつ後ろを振り返ると、案の定、チェリアさんがまたもや憤慨《ふんがい》していらっしゃいました。そんなチェリアさんも、大精霊様の影響を多分に受けているのでしょう。

そう思いながら、今度は周りを見回します。すると、クラスメイトの皆さんから慌てて目を逸らされてしまいました。

別に取って食ったりは致しませんのに……。ここまで怯えられると、さすがに気分がよくありません。

今はまだ我慢致しますが、この状態が続くようでしたら、皆さんにも忠告させていただかなければならないでしょう。

そこへ、非常に聞き慣れた声が聞こえてきます。

「ほっほっほっ、このクラスは妙に静かじゃのぅ」

まさかと思って視線を入り口へと向ければ、そこには私のよく知る方がいらっしゃいました。

「メルベル先生……」

ついそう呟《つぶや》いてしまいます。幸い聞かれはしなかったようですが、メルベル先生はすぐに私の存在に気付かれました。

にやりと笑みを浮かべた先生は、視線を私に向けたまま、教卓の前に立たれます。

「わしはメルベルと申す。先般、国王陛下より王宮研究室の室長に任じられたが、特別にこの学園の教師も兼任する事になった。諸君はわしから最高の教育を受ける機会を得た事を喜ぶがよい」

教室内がにわかに騒がしくなりました。すると、珍しい事にメルベル先生が「黙れ！」と一喝なさいます。

そんなメルベル先生は初めて見たので、私も驚いてしまいました。

「今申したじゃろう、わしは王宮研究室の室長じゃと。対して諸君は、まだ誰も家督を継いですらおらぬはずじゃ。つまり、わしはこの学園の誰よりも力を持っておる。そのくらい、さっきの自己紹介から察して態度を慎むのが当然じゃろうに……これは教育のしがいがございますのぅ、アメリア様？」

その発言により、教室中の視線が再び私に集まりました。

この程度で動じる私ではありませんが、どうもメルベル先生の様子が以前とは違っており、それが不思議でなりません。

ああ、分かりましたわ。衝撃のあまりすぐには気付けませんでしたが、メルベル先生も大精霊様の影響を受けているのでしょう。

それにしても、メルベル先生ほどの方ですら、ここまで激変してしまうとは……。さすがに予想外でした。

以前の先生とは違いすぎて、どうしても困惑してしまいます。気持ちの整理がつきませんが、とにかく返事をする事に致しましょう。

「そうですね、先生。いえ、今はメルベル様とお呼びした方が宜しいでしょうか?」

その言葉を聞いて、メルベル先生が不敵な笑みを浮かべられました。

「くっくっくっ、先生で構いませんよ。わしは王宮研究室の室長となりましたが、未だアメリア様の家庭教師の任を解かれてはおりませんからな。実はわしを室長に任命したのも、アメリア様のお父上なのです。それを引き受ける代わりに、この学園の教師を兼任させてもらいましたがのぅ」

何やら含みを持ったメルベル先生のお言葉。教室中から向けられる視線が、ねちっこくて気持ち悪いものに変わりました。クラスメイトの皆さんの私に対する感情が、より悪い方へと傾いたのでしょう。

王宮の研究室の室長という権力者が、わざわざ教師となって、その権力を振りかざしている。それにランドーク家が関わっているとなれば、クラスメイトの皆さんは私を忌々《いまいま》しく思うでしょうね。

しかも、メルベル先生は私を「アメリア様」と呼び、ますます周りを煽《あお》るような真似をなさいました。周りの皆さんの反応も、当然だと思います。

それよりも、メルベル先生の言動——特にこちらに向けられる視線が、気持ち悪くて仕方ありません。まるで、何かにとり憑かれてしまっているかのようです。

私は鳥肌が立っているのを自覚しながらも、努めて平静を装いました。

「左様でございますか。それでは、今後も宜しくお願い致します。メルベル先生」

そう言って頭を下げたところで、ディア様から強い不快感が流れ込んできました。ディア様は何かおっしゃったわけでも、姿を現されたわけでもありませんが、きっと思うところがあるのでしょう。

顔を上げた私の目に飛び込んできたのは、にやりといやらしい笑みを浮かべ、唇を舌で舐めるメルベル先生のお姿。そのお姿も実に気持ち悪くて、正直、見ているだけでも辛いです。

本当にメルベル先生らしくないですし、大精霊様の影響で人はここまで変わってしまうものなのかと、戦慄《せんりつ》を覚えます。

「ほっほっほっ。まぁ今日は挨拶《あいさつ》に伺っただけですから、これにて失礼させていただきます。諸君も、わしの授業の時は、くれぐれも気を引き締めるが良かろう。その代わり、諸君らにはこれから面白いものを見せてやるからのぅ」

実に愉快そうにおっしゃった後、教室を出て行かれたメルベル先生。なんだか最後まですごく嫌な感じでした。

周りの皆様を見れば、誰もが緊張した面持ちです。メルベル先生に圧倒されてしまって、もう誰も私の事など気にしていないようですが、無理もないでしょう。

確かに、私も妙なプレッシャーは感じましたが、屋敷で厳しく教わっていた時に比べれば、大した事ではありません。

それよりも、メルベル先生の身に何かとてつもなく良くない事が起こっているような、そんな気がしておりました。

実はお父様から、メルベル先生とマリア先生を臨時教師として学園に送り込んだというのは、前もってお聞きしていました。

マリア先生の方は先日わざわざ寮の部屋までご挨拶《あいさつ》にいらっしたのですが、彼女の方は、以前と全くお変わりがありませんでしたね。

その際、マリア先生は「私たちの関係は調べようと思えば簡単に調べられるでしょうが、自分たちから公表しても不利益にしかならないからやめておきましょう」とおっしゃっていました。

加えて、「授業が始まるまでは人目に付く場所では会わない」「私がマリア先生を個人的に訪ねるのは構わないが、マリア先生の方は私を他の生徒と同様に扱う」などと、私へのご配慮が感じられる約束事も提案してくださったのです。

メルベル先生はまだ寮の部屋にいらしていないとお伝えしたら、マリア先生は「そこまで徹底なさるとは、ご立派ですわ」と感心していらっしゃいました。だからこそ、先程のメルベル先生の言動に驚いてしまったのですが……

本当に、メルベル先生は何を考えていらっしゃるのでしょう？　他の生徒たちの感情を逆撫でするような事をなさるなんて。私でも気付くくらいなのですから、メルベル先生ほどの方があの剣呑《けんのん》な空気に気付かないわけがないですのに。そう考えると、全部わざとであるとしか思えませんね。

嫌な予感がするので真意をお聞きしたいところですが、こちらから気軽に声をかけるのは難しい状況です。王宮研究室の室長ともなれば、伯爵家の当主級の権力がございます。侯爵家当主であるお父様ならばともかく、私みたいな小娘から声をかけるのは失礼と見なされますからね。

それにしても、メルベル先生があそこまで変わられるとは……。マリア先生があまり変わっていなかったので、すっかり油断していました。

マリア先生の変化を強《し》いて挙げるとすれば、「せっかくいらっしゃったのですから授業をしてください」とお願いした私に、いつも以上に熱心に教えてくださった事くらいでしょうか。

「アメリア様」

不意に後ろから声をかけられ、慌てて振り向きます。

すると、困惑しきった様子のチェリアさんがいました。

「アメリア様の先生って、あんな感じではありませんでしたよね？」

メルベル先生と面識のあるチェリアさんも、やはり変化に気付いたようです。

「はい。メルベル先生は博識かつ常識のあるお方です。先日寮の部屋にいらしたマリア先生はそれほどお変わりなかったですし、それを思うとメルベル先生の変わり様は異常とも言えるでしょう」

そう答えたものの、実は屋敷にいた時から、メルベル先生を前にすると妙な違和感がありました。

あの時は取るに足らない程度の感情だったとしても、その感情がこの学園に来た事によって増幅されてしまったとしたら……？

もしかすると、今は非常に危険な状態なのかもしれません。

私の背中を冷や汗が流れていきました。

第十二話　公爵家令息との対決

今日の授業はクラスメイトや先生方との顔合わせの意味合いが強かったので、予定より早い時間に解散となりました。

もっとも、私のクラスはメルベル先生のおかげで空気が重苦しくなってしまった上に、他のクラスよりも授業が長引くハメになってしまいましたが。

担任の先生は穏やかな初老の男性だったのですが、どんよりとしたクラスの雰囲気に困惑していらっしゃるご様子でした。

男性にしては小柄な体を更に縮め、額《ひたい》から汗を流していらっしゃいましたね。茶色の髪を何度もかき上げ、藍色の瞳を揺らすお姿は見ていて気の毒でした。

最低限の連絡事項を伝えた後、半ば逃げ出すようにして教室を出て行かれた事を、誰が責められましょう。

授業が終わってからも、しばらく嫌な雰囲気が漂《ただよ》っていましたが、教室にいる生徒の数が減っていくにつれて空気が緩《ゆる》んできています。

さて、どうしたものかと座ったまま悩んでいたら、殿下のお声が聞こえてきました。

「すまない。アメリア嬢はまだいるだろうか？」

振り返ると、教室の入り口から身を乗り出している殿下と目が合います。殿下は足早に私の方へ歩いてこられました。

私は立ち上がり、作法に則《のっと》って殿下に一礼しました。どことなく険《けわ》しい表情をしていらっしゃるので、あまり良いお話ではないのかもしれません。

「アメリア嬢、ちょっと良いだろうか？」

「ええ、構いませんわ」

硬い声で尋ねる殿下に、あえて笑顔で答えます。

少しでもリラックスしていただけるようにと思っての事でしたが、殿下の表情はますます険しいものへと変化してしまいました。

「昼にディエルと話してきたのだが、失敗してしまったようだ。私ではなく、アメリア嬢が直接来るべきだとも言われてしまった。……すまない」

言い終えるや、悔しそうに唇を噛む殿下。

なかなか思ったように事は進まないものですね。

私とディエル様の問題だとはいえ、殿下もあの場にいらっしゃった以上、無関係ではありません。むしろ男性である殿下とディエル様の間で話をお付けになるというのは、この国の考え方からするとおかしい事ではないのに。だからこそ殿下にお任せした面もあるのです。普段のディエル様であれば、私が直接訪ねても好意的に受け止めてくださるでしょうが、あの入学式でのやり取りの後ですからね。

とはいえ、殿下に言付けを頼まれる時点で、やはり普段のディエル様とは違います。メルベル先生の事も気になりますが、まずはディエル様とお話しさせていただくとしましょう。あんな気持ち悪い視線を向けられてしまった後では、さすがの私もすぐメルベル先生にお会いしたいとは思えませんし。

「承知しました、殿下。殿下は良かれと思って私の代わりにお話をしてくださったのでしょうし、謝っていただく必要などありませんわ。それに、ディエル様と直接お話しさせていただくのは私としても望むところです。さっそく今から参ろうと思います」

私の言葉を聞いて、項垂《うなだ》れていた殿下は何かを決意したように顔を上げ、真剣な表情を私に向けられます。

「私も共に参ろう」

「遠慮致しますわ」

ああ、反射的にお断りしてしまいました。そのせいで、殿下がものすごく悲しげな顔をなさいます。

やはり言葉は慎重に選ぶべきですわね。

「すみません殿下。お気持ちは大変嬉しいのですが、これは私とディエル様の問題です。であればこそ、自分で解決するべきかと思いまして。どうか、ここは私に任せていただけませんか？」

私の言葉に、渋面《じゅうめん》を作られる殿下。納得が行かないという事なのでしょう。

正直に言って、私より前にディエル様と揉めていた殿下が隣にいたら、まとまる話もまとまらないと思うのですが……そう率直に伝えるべきでしょうか？

いいえ、殿下の事ですから、そのくらいご承知のはず。その上で私を心配していらっしゃるのだと思われます。

となれば、突き放すのはあんまりですよね。

「お願いです、殿下」

「せめて部屋の前まで付き添うのはダメだろうか？　アメリア嬢が言っている事も分かるのだが、それでも心配なんだ。そもそも私が最初にディエルを怒らせてしまったから、その責任も感じている」

私をまっすぐに見つめ、真摯《しんし》におっしゃる殿下。その絞り出すような声から、色々と考え抜いた末の言葉なのだと察せられました。

ここまでおっしゃっているのに、これ以上断るのは申し訳ないですね。

「ありがとうございます、殿下。それでは宜しくお願いします」

私が折れると、ぱあっと表情を明るくされる殿下。

つい可愛らしいだなんて思ってしまい、しばしそのお顔を見つめます。ですが、はっと我に返った後は、ものすごく恥ずかしくなりました。

これは淑女《しゅくじょ》としてあまり宜しくありませんね。深呼吸をして心を落ち着かせましょう。

あまり深呼吸の効果を得られませんでしたが、それでも表情を取り繕《とつくろ》う事はできたと思います。

さて、ディエル様の部屋に向かうならば、先触れを出さなければなりませんね。

私は近くに控えていたナタリーの方を向きます。

「ナタリー、ディエル様のお部屋に行って、これから伺っても良いか聞いてきてください」

「承知しました」

そこで殿下が口を挟まれました。

「ちょっと待ってくれ。ディエルはアメリア嬢自ら来いと言っていたから、侍女が行くと追い返される可能性がある。だからディクダム、お前もアメリア嬢の侍女と共に行ってやれ。もし追い返されそうになったら、私の命令だと伝えるんだ」

「承《うけたまわ》りました」

流れるように指示をなさった殿下に、三名いらっしゃる側仕《そばづか》えのうちの一人が返事をしました。ディクダムと呼ばれた彼はいかなる時も殿下と共にいらっしゃる長身の美青年です。さすが、相変わらず完璧な受け答えをなさいますね。

茶色の目と髪はこの国の人間に最も多い特徴ですが、彼の目は近くで見ると、ほんの少し赤みがかっています。

彼はすぐにナタリーを伴って教室を出て行きました。

「お心遣い感謝致します、殿下」

「いや、私は事態を収拾できなかったから、罪滅ぼしの意味もある。力不足で申し訳ない」

無念そうにおっしゃる殿下。もしかすると私を心配していらっしゃるというより、ディエル様にご自身のプライドを傷つけられた事が許せないのかもしれません。

きっとその可能性が高いでしょう。いくら以前より殿下との関係が改善されたとはいえ、ここまで私を心配なさるというのは少し不思議ですからね。

「そんな事はありませんわ。さぁ、時間が惜しいですから、私たちもディエル様のところへ向かいましょう。もし断られたら、後日出直せば良いだけですし」

「うむ、異論はない」

殿下が私の提案を受け入れてくださったので、チェリアさんには先に部屋に戻るようにお願いして、殿下と一緒に移動を開始します。

チェリアさんもディエル様の部屋の前まで付き添うとおっしゃってくれたのですが、殿下ならまだしも、チェリアさんが同行なさるとまずい事態になりかねません。

そう忠告してくださったのは殿下なのですが、聞けば一つ上の学年の上位貴族たちには、あまり宜しくない噂があるそうです。

その事はリリマージュ様から事前に聞いていましたが、学園よりも寮の方が更に乱れているというのは知りませんでした。

リリマージュ様がいらっしゃるからこそ、最悪の事態を免《まぬが》れてはいるようですが、万が一その方々と寮で出くわしたら、「なぜここに女子生徒がいるのか」などと言われてしまう可能性が高いとの事でした。

寮は当然、男女で分かれており、各三つずつあります。私たちの寮が最も秩序が保たれているらしいのですが、それはリリマージュ様がいらっしゃるからだと聞いて納得しました。

逆に言えば、リリマージュ様の目が届かないところでは、やりたい放題の方もいらっしゃるという事でしょう。

もしチェリアさんがそうした方々に目を付けられたら、今後の学園生活がどうなってしまうか分かりません。私だけならともかく殿下も一緒にいるとなれば、それだけで十分目を付けられてしまう理由になりうるでしょう。

私にとって大切な親友であるチェリアさんに、そんな危険な真似はさせたくありません。

そう話すと、チェリアさんは不承不承《ふしょうぶしょう》ながら頷いてくださいました。


ディエル様の寮に向かうため、私と殿下は馬車に乗りました。その馬車に揺られつつ、殿下がどこか必死な様子でおっしゃいます。

「アメリア嬢、どうか一つ上の学年の者たち——特にカイル・バルグ＝インザーギ＝トルーク殿には十分注意してくれ。もし彼らが接触してきたら、できれば私を頼ってほしい」

「お心遣い誠にありがとうございます。ですが、そこまで危険な方なのですか？」

確かにカイル様については、リリマージュ様からも忠告を受けました。とはいえ、ご実家が男爵家であるチェリアさんならばまだしも、侯爵家の娘である私ならば、なんとか対応できると思われますが……

そう思って尋ねたら、殿下は頷かれました。

「ああ。どうもカイル殿は本来ミューズィーム学園に通うはずだったようなのだが、急にこちらに変えたといういきさつがあるらしい。カイル殿がこちらの学園に変えた理由だが、どうやら彼におべっかを使う者が複数いるみたいだとの報告が来ている。私のもとには、特に優秀な生徒と問題のある生徒についての情報が集まってくるのだ。カイル殿の場合は後者だからこそ、君にこうしてお願いしている」

殿下は恐らくカイル様について、色々な話を聞いていらっしゃるのでしょう。あえて詳しく話されないのは、その必要がないからだと思います。実際、今のお話だけで十分危険な方だと伝わりましたからね。

「あくまで私の想像ですが、生まれは同じ侯爵家であっても私が女である限り、『男の言う事を黙って聞け。女ごときが口答えなどするな』なんて言われてしまいそうですね」

「そういう事だ。どうもカイル殿は格上に当たるリリマージュ殿の言葉ですら、女だからといって無視しているらしいからな。ある意味、この国の貴族らしい貴族だとは思うが、正直言って私はあまり良い気分ではない。実はそのカイル殿が先日、私のところに挨拶《あいさつ》に来たのだが、実に分かりやすくゴマをすってきた。同時に、『二学年の事には口出し無用』というニュアンスの事まで言ってきたんだ。だが、今の学園において二学年は地獄とも称されていると聞く。一応その事について軽く窘《たしな》めてみたのだが、のらりくらりとかわされてしまった。本当に厄介な人物だよ」

「左様でございますか……。ご忠告痛み入ります」

私の言葉を聞いて、ほっと安堵の息を吐かれる殿下。

私は内心「もしカイル様とお会いする機会があれば、きっと衝突すると思いますけど、許してくださいませ」とこっそり付け加えました。

多分、私とカイル様の考えは全く合わないでしょうからね。ディエル様とすらぶつかり合う私が、カイル様とぶつかり合わないわけがありません。

私が目指す淑女《しゅくじょ》は、相手を見て自分の行動を変えるなんて真似はしませんから。

もしそうなった場合は殿下にご迷惑をおかけするわけにも参りませんし、なんとか私だけで乗り越えたいとは思っております。ですが、もし大事になりそうな場合は素直に殿下を頼る事にしましょう。頼らなければより迷惑を掛けてしまうでしょうし、それは私としても本意ではありませんから。

……と、まだ会ってすらいない方の事を考えるより、今はディエル様の事に集中しなければなりませんね。

馬車が目的の停留所に到着すると、そこで待機していたナタリーが言いました。

「アメリア様、ディエル様がお会いしていただけるとの事です」

それを聞いて、私はより一層気を引き締めます。


博愛主義者であるディエル様とは、元々あまり相容《あいい》れませんでした。博愛主義という思想自体は、時と場合によっては素晴らしいものなのかもしれません。ですが、「誰もが同じように大事である」という事は、「誰もが同じようにどうでも良い」とも言えるのではないかと思うのです。

他者との対比をすればこそ、特定の相手をより大事に思えるのだと私は考えますし、何より自身の思想をナチュラルに押しつけようとなさるディエル様が苦手でした。

ただ、彼との話し合いによって私も自分の考えを押しつけていたと気付きましたし、それ以降はお互いの考え方を認め、尊重し合っていたのです。その時の事を考えるに、きっと話し合えば分かっていただけると思います。

大精霊様の影響を受けているからといって、私の言葉を聞いてくださらないという事もないでしょう。

それにディエル様とこれ以上こじれるようでしたら、更に厄介な相手が大勢いるこの学園での生活が思いやられるというものです。

そんな事を考えているうちに、ディエル様の部屋の前にたどり着きました。

「殿下、ここまで付き添ってくださりありがとうございます。それでは行って参ります」

「ああ。ここで待っているから、くれぐれも気を付けるように」

心配そうに声をかけてくださった殿下に、笑みを浮かべて答えます。

「はい。殿下のお心遣いに心より感謝しております」

そのまま殿下に背を向け、いざ部屋へ入るべく歩を進めます。

ナタリーがディエル様の側仕《そばづか》えの方とやり取りを交わすと、部屋の扉が開け放たれました。中を見れば私の部屋よりずっと広い上に、どうやら両隣もディエル様のお部屋のようです。これでも公爵家の令息としては慎ましいくらいなのですから、私がどれだけ異端かを改めて思い知らされます。

側仕《そばづか》えの方も十名以上いらっしゃいました。対して、私が屋敷から連れてきたのはナタリー一人。それで十分だと思っておりましたし、不便も感じておりませんが、これは考えを改めた方が良いかも知れません。

殿下から聞いたカイル様のお話を思い出すと、さすがの私も自分の身が少し心配になりましたし。何かあってからでは遅いですからね。

幸い学園には長期休暇があります。その時に実家に戻り、使用人の中から一人か二人連れてくる事にしましょう。

そう決意した私は、ディエル様とお話をすべく気持ちを切り替えます。

「ようこそ、いつの間にか腑抜《ふぬ》けになってしまったアメリア嬢」

私がテーブルに案内されるや否《いな》や、ディエル様は開口一番、そんな嫌味をおっしゃいました。まさかこれほどの対応をされるとは思わず、驚いてしまいます。

どうやら私が思っていた以上に、大精霊様の影響を受けていらっしゃるようですね。

側仕えの方が引いてくださった椅子に座りながら、私は嫌味をお返ししました。

「まさか博愛主義者のディエル様からそんなお言葉が聞けるとは思いませんでしたわ」

「おや、君が言ったんじゃないか。人間は好き嫌いがあるからこそ、好きな人をより大切に思えるのだって」

「ええ。ですから、良い傾向だと感じております。この学園では普段抑えている感情も増幅されてしまいますが、そのおかげでお互いが思っている事をはっきり言い合えるのだと思うと、悪い面ばかりではないと思います」

「おやおや、なんだか悪い面の方が多いとでも言いたげだね」

「もちろんです。思っている事をなんでもかんでも言ってしまえば、ただの言い争いに終わるでしょう。場合によっては本音で語り合う事も大事でしょうけど、ある程度は言葉を選ぶべきですわ。それについては以前お話しした際、ディエル様も同意見だったかと思いますが」

「ピーピーうるさい女だなぁ、君には慎みというものはないのかい？」

「さすがにその言い草はあんまりではないでしょうか。そもそも、私が直接来るようにと殿下に言付けをしておいて、いざやってきた私にこんな対応をなさるとは、どういうご料簡《りょうけん》なのでしょう？」

表情はにこやかながら、怒涛《どとう》の勢いで言葉をぶつけ合う私たち。にこやかといっても、お互いに目は笑っていないのですが。

テーブルの上にはお茶やお菓子が用意されているのですが、それらに手を付ける暇もなく……徐々にヒートアップしてしまった私たちは、ついには勢いに任せて立ち上がりました。

そのまま睨《にら》み合っていましたが、次第に頭が冷えて参ります。

「申し訳ございません、ディエル様。言いすぎましたわ」

「いや、こちらこそ失礼した。私も言いすぎたよ」

お互いに謝罪し合い、一呼吸置いて座り直します。

つい頭に血が上ってしまいましたわ。本当に私はまだまだですね。淑女《しゅくじょ》を目指す以上、怒りに身

を任せての発言は慎まなければならないでしょう。

「ふむ、これまでの君の発言について改めて考えてみると、君はただ綺麗事を並べているだけだね。それを評価していた私自身にも失望した。どうやら私は君というペテン師に騙《だま》されてしまっていたようだ」

笑顔でおっしゃるディエル様ですが、言葉の節々から怒りが滲《にじ》み出ています。

これは私の方が先に冷静になれたようですね。とはいえ、それはディア様に気に入られている以上当然の結果であり、むしろ先程ディエル様と同じくらい腹を立ててしまった私の方が、彼よりも未熟である気がします。

そう思うと、頭がますます冷えてきました。

「さぁ、それはどうでしょう？　むしろ以前のディエル様が今のディエル様を見たら、それ以上に失望なさると思いますけどね」

その言葉に、ディエル様が私をキッと睨みつけます。

やはりディエル様の方が、私より余裕がなさそうですね。

「黙れ小娘、私を誰だと心得る」

「メルドーグ家のご長男、ディエル様と心得ております。私もランドーク家の長女アメリアとして参ったつもりです。……もしかして、貴方はディエル様ではないのでしょうか？　もしディエル様のふりをした別人であるというのなら、私は今すぐ学園に通報せねばなりませんが」

私の言葉に押し黙るディエル様。

もちろんディエル様が偽者であるはずはないのですが、彼が家の事を持ち出そうとしたので、私はそれをかわすためにあえてそんな事を言ったわけです。

小娘というのはその通りですので否定しませんでしたが、ついつい嫌味っぽい言い方になってしまったので、そこは大いに反省しなければならないでしょう。

ここでディエル様から「そういう事を言っているのではない」とでも返されてしまえばこちらがピンチに陥《おちい》ったわけですが、そうならなくて助かりました。

やはり、ディエル様は完全に我を忘れているわけではないようですね。

考えてみれば、ディエル様は大精霊様の影響を受けつつも、なんだかんだ私の話をきちんと聞いてくださっています。それは素直にすごいと思えました。

昂ぶった感情を落ち着かせるために深呼吸してから、私は言葉を重ねます。

「ところで、ディエル様は以前、女性も男性も変わりなく平等だとおっしゃっておりましたね。それなのに、私を『ピーピーうるさい女』だとか『小娘』だとかおっしゃるのですか？　確かに私は男性と女性で身体的特徴が違う以上、それに合わせた区別は必要だと申し上げました。ですが、今のディエル様がしている事は、区別ではなく差別なのではありませんか？」

私の言葉に、ディエル様が再び押し黙ります。そして昂ぶった感情を鎮めるためか、深く深呼吸をなさいました。

しかし、深呼吸程度では気分が落ち着かなかったのか、お茶で満たされたカップに口をお付けになります。

私もお茶をいただくとしましょう。出された飲み物や食べ物に口を付けるのは、相手への信頼の証《あかし》となりますから。

匂いも味も普通ですし、ディア様から警告が飛んでくる事もありません。どんなに我を忘れていたとしても毒を仕込むような方ではないと思っていましたが、やはりその心配はなさそうですね。

しばし沈黙が続きましたが、やがてディエル様が口を開かれました。

「ふぅ、どうやら頭に血が上りすぎたようだ。これは失礼した」

「とんでもございません。むしろ私こそ女の身でありながら、こうして発言を許してくださるディエル様に甘えてしまいましたわ。申し訳ございません」

その言葉を聞いて、ディエル様は再び笑顔になられました。ですが、本当に冷静になられたのでしょうか？

普段のディエル様ならば、私がここまで言わなくても、頭に血が上っている事にご自身で気付けたはず。というか、そもそもこうして言い争いになる事もなかったでしょう。

恐らくディエル様は、まだ大精霊様の影響を強く受けていらっしゃるのだと思います。ならば、私はディエル様がいつもの自分を取り戻せるようにお手伝いすべきでしょう。

別に彼を論破したいわけでも、考えを押しつけたいわけでもありませんからね。

「女の身でありながら……なんて言葉を、君の口から聞く事になるとはね。それに、冷静に思い返してみたのだけれど、私は別に男女差別などしていないよ」

まさかディエル様がなおも食い下がるとは、思ってもみませんでした。この学園の影響力のなんと強い事でしょう。

大精霊様のお力だと思えば納得はできますが、心を強く持てば流される事はないはずですのに。

……いえ、これは多分、私が考えていた前提の方が間違っているのでしょう。

きっと一度感情が増幅されてしまえば、それは容易に収まる事がなく、むしろどんどん強くなってしまうのです。

ただ、学園生活を送るうちに心が成長すると言いますから、それに伴って感情をコントロールする事ができるようになるのかもしれません。

そう思いつつ、私はディエル様に反論しました。

「まさか私もディエル様からそんなお言葉を聞くとは思いませんでした。回りくどい事は性に合わないのではっきり申し上げますが、今のディエル様の態度は暗に『女なのだから控えろ』『私より爵位が低いのだから言う事を聞け』とおっしゃっているように感じます」

私がピシャリと言い切ると、ディエル様が再び不機嫌そうな表情になりました。

ここは一旦失礼して日を改めるべきなのかもしれませんが、彼に限っては、一旦時間を置くという事を良しとしないでしょう。

何より、まだやれる事をやり切っていないのに諦《あきら》めるだなんて、そんなのは私の目指す淑女《しゅくじょ》像からは掛け離れています。

これは私のエゴにすぎないでしょうが、それでもやれるだけやりましょう。一旦退室して時間を置くというのは、最終手段として取っておけばいいのですから。

「よりにもよって私にそんな事を言うとは。自分で言うのもなんだが、私ほど他人に配慮する者はなかなかいないだろうに」

「その通りです、ディエル様。貴方は本当はそんな方ではないはず。今までのお言葉をご自身で思い返してみれば、おかしいと気付くのではありませんか？」

私はディエル様をじっと見つめて言います。するとディエル様は、はぁっと露骨にため息を吐《つ》いて腕を組まれました。

どうやら私の言葉通りに、ご自身の言葉を反芻《はんすう》していらっしゃるようです。こうしたお姿を見ていると、やはり簡単に諦める気にはなれません。こうなれば、とことんまでやりたいと思います。

それに、今回はこうしてお話の場を設けていただく事ができましたが、今後もまた設けていただけるという保証はありません。殿下だって今回は協力してくださいましたが、二回目となるとさすがに止められてしまうかもしれませんしね。

であれば、やはり今この場で解決した方が良いと思うのです。

そんな事を思っていたら、ディエル様が口を開かれました。

「ふむ、確かに普段の私ならば絶対に言わない事ばかり言っていたと思うね」

なんという事でしょう。長期戦を覚悟していたのですが、まさかこんなに早くこのお言葉を聞けるとは思いませんでした。

その口調はどこか弱々しく、表情にも困惑の色が見えますが、それだけ普段のご自身の変化に戸惑われているのだと思われます。

これは私が考えていた以上に、ディエル様は冷静さを取り戻していらっしゃるのかもしれません。後はディエル様がご自身の現状を変えようと思ってくだされば、それだけで問題は解決したも同然です。

「ならば、これ以上の話し合いは要らないと思いますが、いかがでしょう？」

そう尋ねてみると、ディエル様は顔をくしゃっと崩し、くっくっと笑い出されます。

先程とは雰囲気が明らかに変わり、部屋に漂《ただよ》っていた重々しい空気も霧散しました。

「ああ、そうだね。どうやら私は大精霊様の影響をもろに受けてしまっていたようだ。はぁ、情けない」

がっくりと項垂《うなだ》れるディエル様。そのお姿を見て、もう大丈夫だと判断します。

結局、ディエル様は自力で自分を取り戻してしまわれました。私がやったのは些細な事でしかありませんし、相手がディエル様でなければ、こうも上手くは行かなかったでしょう。

ディエル様はご自身を情けないとおっしゃいましたが、むしろ私の方こそ情けないです。ディア様に大精霊様の影響を防いでいただいているというのに、こうも感情的に行動してしまっているのですから。

やはりディエル様はすごいと思います。大精霊様の影響を受けながらも私の言葉を聞き入れてくださる懐《ふところ》の深さといい、こうしてご自分の行動を素直に反省できるところといい、私は見習わなければなりませんね。

「とんでもありません、こうしてご自身で気付けるというのはすごい事だと思います。私はそんな貴方様の事を心から尊敬致しますわ」

時にその考え方を他人に押しつけてしまうという欠点はございますが、私だって欠点はたくさんありますからね。むしろ、欠点のない完璧な人間なんていないでしょう。

それに、周りの風潮に流されずご自身の考え方を貫《つらぬ》かれるお姿は、とても立派だと思います。私自身もまさに今自分の考え方を貫こうとしていますから、共感も覚えますし。

そして何より、私の言葉をきちんと聞いてくださいました。侯爵家以上の家に生まれた同年代の男性の中で、私の発言をここまで許してくださる方は、殿下を除けばディエル様くらいしかいらっしゃらないでしょう。

特に、この学園にいらっしゃる男子生徒はたとえ平民だろうと、私の言葉に耳を傾けてくださらない方がほとんどだと思います。

殿下が私の言葉を聞いてくださるのは、何年もかけて関係を改善してきたからこそであり、それを考えると、いかにディエル様が器《うつわ》の大きな方であるかが分かろうというものです。

「前にも言ったかと思うけど、お世辞はいらないよ」

「お世辞ではございません。私の本心ですわ」

苦笑いを浮かべるディエル様に、私はきっぱりと返します。

ディエル様はますます困った顔をなさいますが、そこに怒りの色はもう見えません。

「全く、アメリア嬢は頑固だなぁ」

「それはお互い様でしょう。ゆえにこれまでお互いの意見を受け入れつつも、どこか苦手意識があったのではないかと思いますが、いかがでしょうか?」

私の言葉に、声を出して笑われるディエル様。もう完全に私の知るディエル様に戻っていらっしゃいますね。

「はは、違いない。……うーむ、やはりこの学園は厄介だね。大精霊様の影響があると分かっていながら、殿下からの忠告を無視してしまっていたよ」

こうおっしゃるからには、殿下とディエル様の仲についても、もう心配は無用でしょう。元々お二人の問題ですし、私が出しゃばるような真似は控えるべきですね。

「ええ、私も本当に厄介な場所だと実感しております。幸い私は精霊様に気に入られたおかげで普段通りに過ごさせていただいておりますから、僭越《せんえつ》ながらディエル様がご自身を取り戻すためのお手伝いをしたいと思ったのです」

「ああ、すまない。本当に助かったよ。心のどこかに、ずっと違和感はあったんだ。だが、これまで訓練を積む中で優秀だと言われてきた事が、自信ではなく油断に繋がってしまったようだ」

「そうだったのですね。ですが、ディエル様ならもう大丈夫ですわ。私が少しお話をさせていただいただけで、すぐに自分を取り戻してしまわれましたもの。ご自身の資質は元より、訓練の効果もきちんと出ているのだと思います」

「そこまで言われると、それはそれで情けないな。結局のところ、君にこれまでの自分を思い出してみろと言われるまで気付けなかったんだから。それにしても、まさか君が私にあそこまで強く出るとはね」

「確かに言いたい放題言わせていただきましたが、そこはご容赦くださいませ」

笑顔で軽口を叩き合う事もできましたし、ディエル様とは今後、昔以上に良いお付き合いができるでしょうね。

それに、今回の事はとても良い経験になりました。大精霊様の影響を受けた生徒たちにどう対処すればよいのかが、少し見えましたからね。

とはいえ、相手がディエル様だからこそ、容易に結果を出せたのだと思います。他の方を相手にする時は、より言動に気を付けなければ。

さて、問題が解決した以上、早々にお暇するべきでしょう。これ以上、廊下で待ってくださっている殿下をお待たせするわけには参りませんからね。チェリアさんだって心配していらっしゃるでしょうし。

「それでは、大変申し訳ございませんが、この辺で失礼させていただきます。実は殿下が私を心配して、表でお待ちになっていますから」

「ああ、知っているよ。確かに殿下をあまりお待たせしてはいけないね。それにしても、殿下は本当に君を大切にしているんだな。昔から色々相談を受けてはいたけど、最近は特に君の事を相談してくるんだよ」

「ええ、とても大切にしていただいて、心から感謝しておりますわ。……といいますか、ここ半年ほどで殿下の態度が急激に柔らかくなったのは、きっとディエル様のおかげだったのですね。ありがとうございます」

私は心からの感謝を込めてそうお伝えしました。ですが、なぜかディエル様は苦笑いを浮かべます。つい小首を傾げてしまったら、「ああ、気にしないでくれ」と言われました。

うう、そう言われてしまうと、より一層気になってしまうのですが……

その後、ディエル様は部屋の外までお見送りしてくださいました。そして、心配そうな顔で私を待っていらした殿下に歩み寄られます。

殿下の方はディエル様の姿を見るや、険《けわ》しい表情へと変わります。ですが、深々と頭を下げて「大変申し訳ありませんでした」と謝罪なさったディエル様を見て、その表情は和《やわ》らぎました。

そのままお二人で会話を始められたので、私は彼らから数歩ぶん距離を取ります。淑女《しゅくじょ》を目指す身として、盗み聞きなんてはしたない真似はできませんからね。

しばらくすると、殿下が渋面《じゅうめん》を作られました。恐らくディエル様から先程のやり取りについての説明を受けていらっしゃるだけだと思うのですが、なぜそのような顔になるのでしょう。

何より決して険悪な雰囲気ではありませんでしたし、ディエル様の方はずっと笑顔で話していらっしゃいましたからね。

本当に、何を話されているのでしょう？　不思議です。

ディエル様とお別れした後、はしたないとは思いつつ、どうしても気になって殿下にお聞きする事にしました。

「殿下、差し支えなければ教えていただきたいのですが、ディエル様から何を言われたのですか？」

「……大した事ではない。気にしないでくれ」

しばし躊躇《ちゅうちょ》なさった後、何やら落ち込んだ様子でそうおっしゃる殿下。言いたくないのだろうと察して、私は頭を下げます。

「これは差し出がましい真似をして、大変失礼致しました」

本音を言えば尚更気になってしまいましたが、これ以上聞くのはさすがに失礼すぎますし、無理に聞き出すのはやめましょう。男性同士の話し合いの内容を、女性が根掘り葉掘り聞くべきではありませんしね。

殿下はどこか何か言いたそうになさっている気もしましたが、結局私を部屋に送り届けてくださるまでの間、その事については何もおっしゃいませんでした。

第十三話　誘拐

「ナタリーが戻って来ないですって⁉」

ディエル様との一件から三日経った日の放課後。

教室で帰り支度をしていた私は、フェニーさんから報告を受けた瞬間、つい叫んでしまいました。

なんとナタリーがしばらく前に部屋から出て行ったきり、戻って来ないと言うのです。

まだまだ学園生活は始まったばかりだというのに、どうしてこう次から次へと問題が起こるのでしょう。

リリマージュ様から「二学年の先輩には関わるな」と釘を刺されましたが、それ以前に自分の身の周りで問題が起こりすぎではないでしょうか？

いえ、今はそんな事を考えている場合ではありませんね。

まずは、私の剣幕に怯えているファニーさんに謝らないと。

「申し訳ございません。取り乱してしまいました。ナタリーは私にとって、とても大切な人ですから。どうか詳しく教えていただけないでしょうか？」

なんとか平静を装ったものの、つい早口になってしまいます。焦ってもどうしようもありませんから、少し気持ちを落ち着かせないといけませんね。

ああ、大声を上げてしまったせいで、クラスメイトの皆さんからも注目も集めてしまっています。ほとんどの方が「うるさいな」と言わんばかりの表情で、心配そうにしていらっしゃるのはチェリアさんくらいのものですが。

「先程申し上げました通り、ナタリー様がお花を摘みに行くと言って部屋を出ていかれたきり、戻って来ないのです。もしかすると、どこかで休憩していらっしゃるだけかもしれませんが……」

まだ顔に怯えの色が見えるものの、必死に言葉を紡《つむ》いでくださるフェニーさん。

お花を摘みに行ったというのは、つまりお手洗いに行ったという事ですから、もしかしたらお腹が痛くて動けなくなっているなどの可能性もありますね。

主人と一緒にいる間は傍《そば》を離れられないですから、主人が授業を受けている間に休憩を取るというのはままある事でしょう。ですが、ナタリーが私に断りも入れずに長時間の休憩を取るというのは考えにくいです。

「ナタリーに限って、その可能性は低いでしょう。けれど、急病などで動けなくなっているのかもしれません。私は侍女用のお手洗いを確認した後、救護室に行ってみます」

その言葉を聞いて、チェリアさんが申し出てくださいます。

「私とファニーもお供致しますわ。その方が何かと便利でしょうし」

「ありがとうございます、チェリアさん」

チェリアさんの申し出は正直助かりました。

いくら私自身が気にしなくても、侍女用のお手洗いに私が入るのは外聞《がいぶん》が悪いでしょうからね。侍女用のお手洗いのような、貴族が入るのは好ましくないとされる場所には、ファニーさんに入ってもらいましょう。

それに、もしナタリーが倒れていたら人手が必要になります。それを考えると、尚更断る手はありません。

何より、私の一挙一動は、常に誰かしらに見られております。口惜しい事ですが、私が一人であちこち動き回れば、「たかが使用人ごときが主人の手を煩《わずら》わせて」とナタリーが陰口を言われかねないでしょう。

私が陰口を言われるのは構いませんが、私のせいで周りの方が陰口を叩かれるのは耐えられません。

教室を出た私たちは、急いで侍女用のお手洗いに向かいました。しかし、そこにナタリーの姿はありません。

その後、救護室に向かいましたが、ナタリーの姿はそこにもありませんでした。

「一旦教室に戻りましょう。もしかすると、案外ナタリーは教室に来ているかもしれませんわ」

チェリアさんたちを安心させるためだけでなく、自分にも言い聞かせるように口にします。実際、行き違いになっている可能性もあるでしょうし。

ナタリー、お願いですからどうか無事でいてください。

そう祈りつつ、教室へ早足で戻ります。ディア様からは嫉妬するような、ふてくされたような感情が流れ込んできますが……ごめんなさい、今はそれどころではないのです。

生徒たちが帰って無人の教室に戻ると、なぜか見知らぬ侍女が一人いました。

侍女が一人で教室にいるなんて怪しい——などと咄嗟《とっさ》に思ってしまった私は、どれだけ精神的に追い詰められているのでしょうか。

使用人が主人の忘れ物を取りに来る事は珍しくないのですし、私はもう少し落ち着くべきでしょう。

見知らぬ侍女さんに内心で謝りつつ、どうにか心を落ち着かせようと試みます。

すると、その侍女さんがなぜか私たちの方へとまっすぐ向かってきました。まさか、彼女はナタリーの失踪と関係しているのでしょうか？

「アメリア・フィン＝ハイネス＝ランドーク様。伝言がございます」

どこか怯えるように口にするその姿に、苛立ちを覚えます。……いけません、ついつい攻撃的になっておりますね。

決めつけるのはまだ早いです、もしかするとナタリーの事とは別件かもしれないじゃありませんか。

改めて侍女さんを見てみれば、茶色の髪と目をした、どこにでもいるごく普通の女性です。年齢は私より少し上でしょうか。

私が不躾《ぶしつけ》な視線を向けてしまったせいか、侍女さんは小さな体を震わせております。

これでナタリーの件と関係がなかった場合は、謝罪せねばならないでしょう。

そう思いつつ、どうしても攻撃的な口調で尋ねてしまいます。

「なんでしょう?」

「その、貴方様の侍女は私どもがお預かりしていま――ひぃっ!」

侍女さん――いえ、侍女が言葉の途中で小さく悲鳴をあげました。

きっと私は今、鬼のような形相になっているのでしょうね。

すっかり怯えきっている侍女には悪いですが、態度を改めるつもりはありません。私自身に手を出すならばまだしも、よりにもよってナタリーに手出ししやがったのですからね。

と、前世の記憶のせいもあってか、つい下品な口調になってしまいました。

ああ、ここまで怒りを覚えたのは初めてです。先程までディア様から伝わってきていた感情も、今は全く感じる事ができません。

今すぐ怒鳴り散らしたい気分ですが、それ以上にナタリーが心配で心配でたまりません。誰が主人かも分からないこの侍女に、一刻も早くナタリーのいる場所へ案内してもらいましょう。

「……左様でございますか。とにかく貴方では話になりませんから、早く主人のもとへ案内しなさい」

自分でも驚くほど冷たい声が出ましたが、私の大事な大事なナタリーを攫《さら》ったというのですから、気を遣う必要などありませんわね。

いくらこの学園がある意味無法地帯であるとはいえ、限度というものがありますよ。

それに、こう見えても私は侯爵家の令嬢です。その権力を無闇やたらに使うつもりはありませんが、大切な方を救うためならば全力で利用させてもらいます。我がランドーク家の力を思い知らせてやりますわ。

ああ、いけません。そんな事をしては、私の目指す淑女《しゅくじょ》像から掛け離れてしまいます。お父様のお力を借りる事なく、自分の力でやり返すべきですね。

少々脅しすぎたのか、涙をこぼしてガタガタ震えている侍女。

さて、どうしてやりましょうか。

私に喧嘩《けんか》を売った貴方の主人を恨みなさい、とは思いますが、同情する気持ちは全くありません。

「おおおおおお、お命だけはどうか……！」

「貴方の命になど興味はありません。それより早く案内していただけないでしょうか？」

「ひぃぃぃぃぃ！　こちらでございます！」

涙声の上にどもっているので非常に聞きづらいですが、どうやらやっと案内してくださる気になったようですね。

まぁ腰を抜かして使い物にならなくなるよりはマシです。

さて、できればチェリアさんたちは巻き込みたくないので、部屋に戻っていただくようにお願いしましょう。

そう思ってチェリアさんの方を向くと、真っ青な顔でびくっとされてしまいました。

親友のチェリアさんですらここまで怯えられるとは、私は一体どんな顔をしているのでしょうか。

少々不安になりましたが、おかげで少しだけ冷静になる事もできました。

激昂していてはまともな判断が下せませんし、多少なりとも冷静になれたので、ひとまずよしとしましょう。

結局、私に何かあってはいけないからと、チェリアさんたちもご一緒してくださる事になりました。

どうにか部屋にお戻りいただくよう説得を試みたのですが、「ナタリーさんの事なら私たちにとっても他人事ではありませんから」と言われて、私は考えを改めました。

それに、チェリアさんたちも私にとってはとても大切な方なので、ナタリーを攫《さら》った相手に「手出しするな」とアピールするためにも、同行していただくというのは良い方法かもしれません。

「こちらでございます」

つらつらと考え事をしているうちに。ナタリーがいるという空き教室に到着しました。

例の侍女はなんとか泣きやみましたが、未だ怯えきった様子でいます。ここまで来る間も私が無言でずっと睨《にら》みつけていましたからね、さぞ居心地が悪かった事でしょう。

それにしても、まさかナタリーを空き教室に監禁しているとは思いもよりませんでした。てっきり寮の一室に監禁されているものとばかり思っていましたからね。

堂々としすぎといいますか、どれだけ面の皮が厚いのでしょうか。

扉の前でノロノロしている侍女に、「早く開けてくださいませんか？」と声をかけます。

すると哀れなほど慌てふためいた様子で扉を開けにかかりました。もはや礼儀作法などあったものではありませんね。中にいるはずの主人にお伺いを立てる事もしないのですから。

なんと嘆かわしい。よくこの程度で貴族の侍女になろうなどと思えたものです。

「む、誰だ!?」

扉の開く音に気付いたのか、部屋の中から低い男性の声が聞こえてきます。

どこか不機嫌そうな声ですが、私の方が遥かに不機嫌ですわ。

私は怒りの炎を燃やしながら、堂々とした足取りで中に入ります。

すると、私の大切な大切なナタリーが部屋の奥にいました。椅子に座らされた上で縄で縛られ、目隠しと猿轡《さるぐつわ》までされております。

ナタリーのそんな姿が目に入るや、全身から炎が吹き出したかと思うほど体が熱くなりました。

ですが頭の奥は、すぅっと冷えていきます。

誰が首謀者かはまだ分かりませんが、ナタリーにこのような真似をしたのですから、償《つぐな》いはきっちり果たしていただく必要がありますね。

そう思って、部屋の中を見回します。すると、見覚えのない五人の男女が震えていました。壁際には六名の侍女が控えていますから、恐らく伯爵家の方がお一人と、他は子爵家や男爵家の方々といったところでしょうか。

大抵の場合、伯爵家の子女は侍女を三名、子爵家や男爵家の子女は侍女を一人従えていますからね。多分この推測は間違っていないと思います。

正直そんな事はどうでもいいのですが、よくもまぁ自分たちより上位の生徒に対抗しようと思えましたね、と呆れてしまいます。

それとも、私より爵位の高い方が誰かしらバックについているのでしょうか。そう考えた方が自然ですし、油断は禁物ですね。

「私を呼び出したのは貴方たちですか。これは一体どういうおつもりなのです？　さぁ、納得のいく答えをくださいませ」

私は彼らの真ん中にいる男子生徒を見つめて言いました。緑色の髪をしている彼は、青い瞳をせわしなく揺らしています。

自分でも不思議なのですが、声を荒らげる事はありませんでした。ですが、そのおかげで相手にとっては、より一層恐ろしく感じられたのかもしれません。

件の男子生徒はガタガタと体を震わせ、激しく視線をさまよわせました。

私を見ただけでビビるくらいなら、最初からこんな真似をなさらなければ良いのに……

五人はうろたえるだけで、一向に返事をしようとしません。黙り込んだまま私を凝視なさっているものですから、不快感すら覚えます。

というか、この反応を見るに、もしかすると彼らだけでこの犯行を企てたのかもしれません。もしくは裏にいる方から、相当強く脅しをかけられているのでしょうか。

「あぅあぅ」

彼らが少しでも冷静になるのを待っておりましたのに、その口から出てきたのは、そんな情けない声だけでした。

本当に、なんと嘆かわしい事でしょう。私を目の前にしたらこうなるという事すら想像できていなかったのですね。

大方、元々私に対して良い思いを抱いておらず、その感情が学園に来た事で増幅されて、深く考えずに行動したというところでしょうか。

もし裏に誰もいないとすれば、その線で間違いないでしょう。

たとえ大精霊様の影響があるにしても、やって良い事と悪い事の区別すらつかなくなっている時点で、同情する余地はございません。

「あうあう？　人間の言葉を話していただけませんか？　揃いも揃って恥ずかしい。そうやって怯えるくらいでしたら、最初から無茶な事はなさらないでくださいな。それとも、どなたかに命令されてやったとでもおっしゃるのでしょうか？」

あえて怒気を込めて言えば、全員びくりと震え、何やら懇願《こんがん》するように私を見つめてきます。

まさか自分たちの心情を察して勘弁しろとでも言うのでしょうか？　とことんふざけた人たちですね。

貴方たちの口はなんのためについているのでしょうか。ご飯を食べるためだけについていると言うのでしたらこちらは何も言えませんけど、決してそうではないでしょうに。

改めて五名の愚かな生徒たちを観察してみましたが、これといった特徴はありません。どこにでもる平凡な少年少女という印象です。

どいつもこいつもそんな間抜け面《づら》で、よくもまぁ私に喧嘩《けんか》を売れましたね。

……いけません、少しは冷静になれたと思っていましたが、怒りの感情が遥かに勝っているようです。

それでも、今この瞬間だけは自重するつもりはございません。

この五人はもちろんの事、もし裏に誰かいるとしても、そいつも含めて絶対に逃がしはしませんよ。

メラメラと闘志を燃やしつつ、黙って彼らの言葉を待ちます。それなのに、相変わらず無言で震え続ける五人。

「早く理由を教えてください。それとも言えないような理由という事でしょうか？」

イライラした感情のままに吐き出せば、真ん中の男子生徒が大慌てで口を開きます。

「いえ、あの！　ち、違うんです！　その、えっと……」

何か取《と》り繕《つくろ》おうとしている様子が、私の神経を逆撫でしました。

正直に言って、もう理由だとか、裏の人物だとかはどうでもいいのです。どんな理由があろうと、ナタリーを監禁したという事実は消えないのですから。

何より、いつまで私の大切な侍女を拘束しているつもりなのですか！

「いい加減にしてくださいませんか？　いつまで私の大切な侍女を縛り上げているつもりなのです？　まさか、もっと私を怒らせたいのですか？」

我慢も限界に達しておりますし、このまま待っていても埒《らち》が明きませんから、そう言ってやりました。すると、五人は慌ててナタリーの拘束を外しにかかります。

……本当に、この人たちは何がやりたかったのでしょうか？

ガチガチと歯を鳴らすほど震えているので、ナタリーを拘束している縄も上手く解《ほど》けないようです。

「もっと急いでいただけませんか？」

「ひぃぃっ！　お許しくださいませ！」

あまりにも遅いものですから、つい声をかけたのですが、更に怯えさせてしまいました。

ナタリーには悪い事をしてしまいましたね。ただでさえ長い時間拘束されているというのに、更に時間がかかりそうです。

彼らの怯え様《よう》を見てナタリーが少しでもスカッとするのなら、まだ良いのですけど。

侍女たちも手伝えばいいものを、壁際にぼうっと突っ立っています。思わず睨《にら》みつけてしまいましたら、彼女たちも一斉にびくっとしました。

あっ！　三人の侍女が気を失い、その場に崩れ落ちてしまいました。どうにか意識は失わなかった残りの侍女たちは、大いに震えていて使い物になりそうにありません。

優秀なナタリーと比べると、なんて情けないのでしょう。

まぁ、こんな主人たちに仕える使用人ともなると、結局その程度でしかないという事なのでしょうね。たかが私のような小娘に睨まれただけで震え上がるのであれば、さっさと転職する事をお勧めしますわ。

「……だから言ったではありませんか、貴方たちが思っているようなお方ではありませんと」

急にナタリーの声がしました。どうやら私が侍女たちを睨みつけているうちに猿轡《さるぐつわ》が外されたようですね。

ばっとそちらへ視線を向けると、腕を拘束する縄はまだ外れていないみたいですが、目隠しも外されていました。

ああ、良かった。どうやら無事だったようです。

ぱっと見た限り、怪我をしている様子もありませんし、本当に良かった……

そのままナタリーを見つめていますと、彼女は私に向かって困ったように微笑んだ後、再び口を開きました。

「失礼を承知で申し上げますが、貴方たちはアメリア様の事を、完全に誤解なさっております。学園や殿下から特別扱いされているなどと勘違いして嫉妬するのは、見当違いというもの。アメリア様は侯爵令嬢でありながら、決してその身分や権力にものを言わせる方ではないのです。その証拠に、たかが一侍女にすぎない私のために、アメリア様は自らここに来てくださったでしょう？　さすがにここまでお怒りになるとは思っておりませんでしたが、何かしらの処分を下《くだ》されたとしても、それは諦《あきら》めてくださいね。私も乱暴はされてないといえど、拘束されて良い気分ではありませんでしたので」

……という事は、五人は私が彼らのような下級貴族を馬鹿にしていたと思い込んで、この犯行に及んだわけですか？　つまり、私のせいでナタリーに迷惑を掛けてしまったの？

申し訳ないという気持ちを込めてナタリーを見つめると、彼女は途端に慌て出します。

「ち、違いますからね、アメリア様。私はこのくらいへっちゃらですし、アメリア様にこうして怒っていただけて、むしろ喜びを感じておりますから。ただ、どうか事を荒立てないでいただきたいのです。私のせいでアメリア様が他の方から何か言われてしまったら、私は耐えられません」

ナタリーの言葉を聞いた私は、ほっと安堵の息を漏らしつつも、ナタリーをこんな目に遭わせてしまった責任の一端は自分にあると反省します。

今思えば、私が寮の部屋を一つしか使わない事や、侍女を一人しか連れてこなかった事に学園側が難色を示したもの、このような事態になるのを予見していたからなのかもしれません。

私はなんと浅はかだったのでしょうか。本当に、さっきから反省しきりです。

解放されたナタリーに歩み寄り、一度抱きしめました。その後、彼女の手を取って出入り口の方へ移動します。

その間、哀れな五人は頭を下げて、謝罪の言葉を口にし続けてしました。

本心を言えばランドーク家の力で学園から追放したいところですが、それはやめておきましょう。ナタリーは無事だったわけですし、私自身も危機感に欠けていましたからね。それに何よりナタリー自身が「事を荒立てないでほしい」と言っているわけですから。

人間誰しもミスはするものです。もちろん、五人がやった事はただのミスでは済まされないのでしょうが、幸い大事には至りませんでした。

ならば、今回に限って大目に見る事にしましょう。

「今回の件は無かった事にして差し上げます。ナタリーに感謝しなさい。それにしても、自ら寮の自室にこもってしまわれるだなんて、殊勝な心がけですね。まだ入学して間もないのですし、せめて一か月程度にしてくださいね」

五人は私の言葉に顔を跳ね上げ、目を見開きます。

いかに愚かな彼らでも私が暗に「一か月は自室で謹慎しろ」と言った事に気付いたようですわね。

まぁ、落としどころとしてはこのくらいがちょうどいいでしょう。

一か月間を外出を自粛しろという事は、つまり上位の貴族の方からの誘いがあろうと断れという事です。それは彼らにとって、十分な罰になるはず。周りとの交流、特に上位貴族との交流を絶たれるのは、貴族社会を生き抜く上で痛手となりますからね。

とはいえ、本来であれば学園を追放されてもおかしくないほどの事をしたのです。彼らも私がかなり甘い処分で済ませた事を理解しているのでしょう、涙を流しながらお礼の言葉を口にしていました。

「……ありがとうございます！　ありがとうございますっ！」

半ば叫ぶようにして、何度も何度もお礼を言われますが、別に許したわけではありませんので、私からはそれ以上何も言いませんでした。

といいますか、彼らに今更何を言われたところで私の心には響きませんからね。

「さぁ、行きましょうナタリー」

「えっ、アメリア様!?」

私が手を繋いだら、ナタリーが驚きの声を上げます。

その手のぬくもりを感じて、やっとナタリーを取り戻せた事を実感した私は、自然と笑みを浮かべました。

部屋を出てからもずっと手を繋いでいたのですが、ナタリーは「アメリア様、あまりに畏《おそ》れ多いのでおやめください！」などと言うのです。

「これは私を心配させた罰ですわ」

私は笑顔のまま、しれっと言いました。

ん？　そういえば……

「あっ、チェリアさんを忘れていましたわ！」

「はい！　ここにいます！　すみません。あまりの迫力に、つい黙ってしまっておりました！」

背後チェリアさんの元気の良い返事が返ってきます。

せっかくついてきてくださったというのに、怒りのあまりすっかり忘れてしまっておりました。

「これは申し訳ありません、チェリアさん……」

親友を忘れるとは、なんという失態！　これでは私の目指す淑女《しゅくじょ》になれる日は、一体どれほど先の事になってしまうのやら。

慌てて謝ったものの、チェリアさんは「いえ、ナタリー様との絆《きずな》の強さに感激しました」なんておっしゃいます。

彼女には失礼な真似をしてしまったというのに、なんと心が大きいのでしょう。私も彼女の友人として恥ずかしくないよう、もっと器《うつわ》を大きくしたいものです。

そこで、『私を忘れちゃ嫌！』と言わんばかりに、ディア様からも激しい感情が流れ込んできました。

あああ、ディア様にもすぐに謝りたいところですが、ここで下手に話しかけて、ディア様の存在を周囲に知られるわけには参りません。

「私も誠に感激致しました。先程のアメリア様は、怒っていらっしゃる時の奥様にそっくりでしたわ。奥様がお怒りの時は、その場にいるだけで死を覚悟させられるほどの迫力がありますからね。アメリア様にもそれくらいの迫力がありましたし、お相手の方々は意識を失わなかっただけでも立派だと思いますわ」

ナタリーが興奮気味に、とんでもない発言をします。

「ナタリー!?」

「ああ、申し訳ございません、アメリア様。興奮のあまり、ついしゃべりすぎてしまいました」

違います、そこにツッコんでいるのではありません！

その場にいるだけで死を覚悟させられるだとか、彼らは意識を失わなかっただけでも立派だとか、その辺に対してツッコんだのです。

確かに、怒った時のお母様はそれくらい恐ろしいと思います。私も何度かお父様にブチ切れるお母様を見て、あまりの恐ろしさに気を失いかけた事がありますから。

えっ、まさかさっきの私もあのレベルだったと言うのですか？　さすがにそれはないと思いたいのですが、なぜかキャーキャーと盛り上がり出すチェリアさんとナタリーに、詳しく聞ける雰囲気ではありません。

そう思ってふと視線を外したら、フェニーさんと目が合いました。ですが、びくりと全身を震わせた後、一歩下がられてしまいます。

その上、真っ青な顔で頭を下げられてしまいました。彼女にとって先程の事はそれほどの恐怖体験だったという事でしょうか？　さすがにショックです。

「フェニーさん。何も致しませんから、どうか怯えないでくださいませ」

少し悲しい気持ちで口にしたら、怯えた様子で何度も頷かれてしまいました。

この分だと、しばらくは怯えられてしまいそうですね。

チェリアさんとナタリーは私たちのやり取りには気付かなかったみたいで、「さっきのアメリア様は、まるで漆黒《しっこく》の女神のようでしたね」なんておっしゃっています。

褒め言葉のおつもりでしょうけれど、これまた複雑な気持ちになります。

漆黒の女神様は、闇と死を司《つかさど》る女神様で、大変美しい方だと言われています。ですが、その美しさはたとえるならば鋭利な刃物のようで、優しさの欠片も感じられない美しさだと評されているのでした。

そんな褒め言葉など聞きたくないと思っていても、この至近距離ではどうしても聞こえてしまいます。

本当に、とほほですわ。


部屋に戻った私は、チェリアさんと一緒にお茶をする事にしました。

ナタリーのお茶を飲める喜びを噛み締めていたら、私の膝の上にいらっしゃるディア様がこんな事をおっしゃいます。

『ごめんなさい、やっぱり苦手だからか、あいつの邪魔をしきれないみたい』

聞けば、大精霊様の影響力を完全には防げていないそうです。

私の近くにいる人間への影響力は防げているそうなのですが、今回のように私が普段意識すらしていない人間への影響力を防ぐ事は難しいのだとか。

そもそもなぜ負の感情だけが異常に増幅されているのかは、ディア様にも分からないらしく……

いいえ、これればかりは知ろうと思えば、大精霊様に直接聞くしかないでしょう。

とにかく、ディア様は私の周囲にいる人間への影響を防いでくださっているのですから、私が感謝こそする必要こそあれど、ディア様に謝っていただく必要なんてありませんのに。

「ディア様は私を十分助けてくださっていますわ。本当にありがとうございます」

『ううー、嬉しいけど悔しい……すごく複雑』

お言葉通り、複雑な感情が流れ込んできます。

けれど、ディア様にこうして好かれていなければ、私はこの学園で確実に潰されていた事でしょう。

さすがに学園中の全ての方から嫌われていたらと考えると、そんな場所で普通に生活できるはずがありませんからね。

人は一人では生きていけないものですし、逆に一人でも味方がいれば心強いというものです。この感謝の気持ちを、少しずつでもディア様にお返ししていきたいものですね。

それにしても、大精霊様は一体どのようなお考えでいらっしゃるのか。この問題は学園にいる以上、常に付きまとうのでしょうね。

考え込んでしまった私を励ますように、チェリアさんが言葉をかけてくださいます。

「アメリア様に対して負の感情を抱くだなんて、私には考えられませんわ。むしろこの学園に来てから、ますますアメリア様の事が好きになっていますのに」

『そりゃ貴方みたいにアメリアに好意を抱いている人間の場合、そっちの感情も増幅されるからね。問題はあまりアメリアを知らない人間よ。一度何かのきっかけで負の感情の方が大きくなれば、自然とそちらの方がどんどん増幅されちゃうの。だから、今後はもっと気を付けてね』

ディア様からのご忠告に、私は頷きます。

つまり、これからも似たような出来事が起こりうるという事でしょう。

お互いによく知らない方であっても、ふとしたきっかけで私に対する負の感情ばかりがどんどん増幅してしまうとは、なんと厄介な。

貴族社会というものはただでさえドロドロしていると聞くのに、先が思いやられます。卒業したらその世界に飛び込んでいかないと考えると、少し憂鬱《ゆううつ》ですね。

いつもならば「むしろやりがいがありますわ」と思うところでしょうけど、さすがにナタリーを攫《さら》われた直後ですから、どうしても後ろ向きになってしまいます。

自身の事ならなんでも乗り越えられる自信がありますが、大切な人を傷つけられたらどうなるか、自分でも分かりません。

なんにしろ、もうナタリーが攫われるのは二度とごめんですから、一部の上位貴族がやっているみたいに、ナタリーを教室の中に入れさせてもらいましょう。

さすがにその人たちみたいに使用人にノートを取らせるような真似はしませんが、教室内にいてもらえるだけで安心できますからね。

ただ、他にも色々な問題が起こり得るでしょうし、対策を考えておかないと。

正直、気が重いです。

第十四話　知った事ではありません

『むきぃ、あのジジイは一体どういうつもりなのかしら！』

授業を終えて部屋に戻るや、不機嫌全開のディア様。『ジジイ』というのがメルベル先生に対しての言葉だと分かり、私も不機嫌にはならないものの同意致します。

ナタリー軟禁事件が解決して一か月ほど経ちますが、メルベル先生は日に日におかしくなっています。

そのせいで、メルベル先生との関係が宜しくないのですよね。

殿下との仲は相変わらず良好ですし、ディエル様もたまにではありますが、殿下と一緒に部屋に遊びに来てくださるようになりました。

まだまだ私に良い感情を抱いていない方の方が遥かに多いようですが、それでも以前から親しかった方々を中心に少しずつ友人の輪を広げております。

そんな中、メルベル先生だけが、相変わらず私に対して不気味な態度を取っていらっしゃるのです。先生が私の家庭教師をしていた事は学園中に知れ渡っており、そのせいで色んな噂を立てられてもいました。

何しろ、先生は私のクラスでならまだしも、他のクラスで授業される場合もいちいち私を引き合いに出されるのだとか。それを別のクラスの方から教えていただいた時は、驚きのあまり咄嗟《とっさ》に返事ができなかったほどです。

「お話ししようにも、先生はお忙しくてタイミングがなかなか合いませんからね。だからといって、まさか授業中に話すわけにも参りませんし」

言いながらため息が出そうになりますが、なんとかこらえます。

せめて、他のクラスや学年の授業で私の話を持ち出すのはやめていただきたいのですが、その話をする機会すらないのです。

授業が終わるとまるで逃げ出すかのように王宮へ向かわれるのです。いつ学園にいらっしゃるのかも分からないので、何度先生のもとへ出向いても空振りに終わっていました。

いえ、ごくまれにいらっしゃる事もあるのですが、「授業の準備などで忙しいから後にしてくれ」と言われてしまえば強くは出られません。

学園長よりも権力がおありなので、一度拒まれてしまえば、私は素直に応じるしかなく……本当にもどかしいですね。

「いくらなんでもあれはひどすぎると思うのです。他の生徒より厳しく指導なさっている反面、あそこまで堂々とアメリア様を特別扱いするなんて。おかげでアメリア様がクラスから浮いてしまっています。メルベル先生にはなんとか時間を作っていただき、やめていただくようお願いできないものでしょうか」

憤慨《ふんがい》しながらおっしゃるチェリアさん。

彼女が言う通り、私はメルベル先生の授業を屋敷で一通り受けているので、他の皆様より難易度の高い課題を与えられています。だからといって、露骨な特別扱いをしていただく必要はないでしょう。

おかげで、クラスのあまり親しくない方々からは、ひどい陰口を叩かれているようです。それは時おり私の耳にも入ってきていました。

私としましては、難しい課題を出していただけるのは望むところです。ですが、さすがにこんなやり方では迷惑でしかありません。せめてこっそり違う課題を出していただくとか、そういった方法もあると思うのですが……

そうした配慮ができない方ではないはずでしょうに。いえ、むしろ分かった上でやっていらっしゃるのでしょう。

せめてどうにか話し合いの時間を作れればと思うのですが、妙案が思い浮かびません。このまま黙っていたらどれだけの不利益が出るか分かりませんし、少しでも早く状況を打破したいところですね。

「そのお気持ちだけでもありがたいですわ、チェリアさん。私もなんとかしたいと思っているのですが、メルベル先生が私の事より王宮研究室のお仕事を優先なさるのは仕方がない事だと考えます。大人しく先生の時間が空くのを待つしかないでしょう」

そう言いつつも、先生が自ら時間を空けてくださる可能性は低いと分かっていました。

メルベル先生は王宮研究室のお仕事だけでも大忙しで、この学園の教師を兼任している事自体がかなり無茶なお話だと聞いております。

それほどご多忙な身でありながら、こうして学園にいらっしゃる事ができるのは、謎でしかないのですが……恐らくお父様が関わっているのでしょう。

もしそうであるならば、お父様にご相談するのも一つの手です。そう思って、一か月前に文を出したのですが、お返事は未だ届きません。

お父様にご相談できるとすれば、長期休暇で屋敷に戻った時になるでしょう。ですが、長期休暇はまだまだ先なのですよね……。

「それでは、このまま指をくわえて見ているしかないという事でしょうか？」

考えにふけっていた私に、チェリアさんが悔しそうにおっしゃいます。

私はチェリアさんを安心させるべく、笑顔で返しました。

「いえ、諦《あきら》めるつもりは毛頭ございませんよ。ですが、こちらだけで解決できる問題でもないという事です。もどかしいですが、しばらくは我慢も必要でしょう」

メルベル先生の言動によって、私の評価が低くなってしまうのは百歩譲って良いとしましょう。先生の言動から私の全てを判断するような方々に、どのような評価をされたってこれっぽっちも痛くありませんから。

問題は、私の評価が下がる事により、私が大切に思っている方々にまで被害が出ている事です。

殿下は何かと私を庇《かば》われるので、他の生徒から「一人の女子生徒を特別扱いするのは問題なのではないか」などと言われてしまっているようでした。また、ディエル様も私の悪口を言っている生徒にやんわりと注意なさったそうなのですが、「あんなあばずれに騙《だま》されるとは」などと言われてしまったそうです。

誰より一番被害を受けているのはチェリアさんで、私が少し傍《そば》を離れている隙《すき》に、色々とひどい事を言われてしまっているようでした。

それが心より口惜しくてなりません。私に直接言う勇気がないからといって、大人しいチェリアさんに八つ当たりするとは。

「悔しいです、アメリア様」

「私もですわ、チェリアさん。私の力不足ゆえに、ご迷惑をおかけして申し訳ございません」

その言葉に、チェリアさんが悲しそうな顔をなさいます。

「謝らないでください。アメリア様がなんとか解決しようと全力を尽くしているのを、私は知っています。そんなアメリア様を誰が責められましょうか。やはり悪いのはメルベル先生ですわ」

『そうよ！　あのジジイが悪いのよ！　むきぃ、本当に何を考えているのかしら！』

日が経てば経つほど、こうしてメルベル先生の愚痴《ぐち》を言い合う事が増えて参りました。

本当はもっと明るい話をして気持ちを切り替えるべきなのかもしれませんが、ディア様すら憤慨《ふんがい》して常に愚痴をおっしゃっていますからね。

私自身メルベル先生に対しては色々と思うところがあるので、チェリアさんやディア様が先生の悪口をおっしゃるのを止める気力も薄れております。

「これは良くない傾向ですね……」

「そうですよ！　全くメルベル先生ときたら！」

『そうそう！　アメリアもあのジジイの事ばかり考えていてつまらないわ！　ね、チェリア、そう思うわよね？』

「もちろんですわ、フェル様！」

「お二人共、私が良くない傾向だと申しているのは、こうして私たちがメルベル先生の言動にとらわれすぎている事ですわ。先生の言動によって弊害が出ている以上、致し方ない面もあるかと思いますが、そろそろやめに致しましょう。……ナタリー、お茶をお願いします。さぁ、メルベル先生の事は忘れて、今この時間を楽しもうではありませんか」

努めて明るく言うと、お二人は不承不承ですが従ってくださいます。

私がメルベル先生の事ばかりを考えていてつまらないとおっしゃっておりましたのに、いざ考えないようにしましょうと言っても、それはそれで面白くないのでしょうね。

それにしても、本当にまずい傾向ですわね。一刻も早くなんとかしないと。

何かきっかけがあれば良いのですが……


転機は突然訪れるもので、翌日、先生と一対一でお話しする機会ができました。授業が始まる直前、メルベル先生から「話があるから自室へ来るように」と言われたのです。

何かきっかけはないかと思っていましたら、まさか先生の方から呼び出されるとは。驚きましたが、私は素直に応じます。

クラスメイトの皆様からの刺々《とげとげ》しい視線も、今は気になりません。メルベル先生の問題が解決できるのならば、これくらい安いものですわ。

チェリアさんをはじめとした、私と親しくしてくださる一部の方々には心配そうな顔をさせてしまいましたが、後できちんとフォローするとしましょう。

二人で教室を出て、メルベル先生の部屋に向かいました。私を自室に招き入れた直後、先生は入り口の鍵をかけます。

これはまずい状況かもしれませんが、前世の世界には「虎穴《こけつ》に入《い》らずんば虎子《こじ》を得ず」という諺がありました。ならば、女は度胸と思って臨む事にしましょう。

このような事態を全く想定していなかったわけではありませんし、何よりディア様が一緒にいてくださる以上、さすがに殺されてしまう事はないと思います。

とはいえ、なんでもかんでもディア様を頼りにしてしまうのはいささか情けないですから、どうにか自力で乗り切りたいものです。

そのためにも、ディア様には本当に私が危なくなるまで手出ししないようにとお願いしておきました。

メルベル先生はにやにやしながら私を見つめるだけで、何もおっしゃいません。このままでは埒《らち》が明きませんので、私の方から声をかけます。

「メルベル先生。私も以前から話したい事があるとは申しておりましたが、いきなり呼び出すというのはいささか強引すぎませんか？」

その言葉に、メルベル先生は顔を真っ赤にし、目を血走らせました。

私は危険な匂いを感じて、ますます警戒心を高めます。

「うるさい、小娘！　王宮の者共も困ったもんじゃ！　こんなせっかくの大チャンスが訪れたというに、よもや王宮での研究にここまで時間を取られるとは思わなんだよ。貴様の父親も、分かっているようで何も分かっておらぬ！」

何をおっしゃっているのかよく分かりませんが、どこか狂気が感じられるお姿から、尋常ではない事態が起きていると私は察しました。

目の焦点も合っていないように感じられますし、さすがの私も恐怖心が湧き上がってきますね。この場から今すぐ逃げ出したい気持ちに駆られますが、この程度の事で逃げるわけには参りません！

「お忙しくて時間がなかなか取れないのは十分承知しておりますが、朝から問答無用で自室に呼び出すというのはあんまりですわ」

「ええい、黙れ黙れ！　何を知った風な口を利いておる。わしは偉大な研究者じゃぞ！　目の前にわしの研究人生で最大のチャンスが転がりこんできたのじゃ。さっさとお前の精霊を出さぬか！」

なるほど。うっすら分かってはおりましたが、やはり精霊様に対して並々ならぬご興味がおありだったという事でしょう。

思えば先生は以前、屋敷でディア様のお姿を初めて見た時、何やら食い入るように見つめていらっしゃいました。恐らくその時に抱いた何かしらの感情が、この学園に来て増幅されてしまったのですね。

それにしても、今こんな事を思うのは少々ズレているかもしれませんが、ご自身で偉大な研究者とか言って恥ずかしくないのでしょうか？

『ええい、貴様の方こそ黙れ！　このクソジジイ！』

もはや隠れていられなかったのでしょう、ディア様が姿を現し、私とメルベル先生の間に立ち塞がりました。いえ、正確には宙に浮いていらっしゃるのですが。

「おおおお、なんと神々しい。これじゃこれじゃ。この場にいるのが信じられぬほど上位の精霊……。一体どれだけの研究データが集まる事やら、小娘には分かるまい」

ディア様がお姿を現されるや、まるで何かに取りつかれたかのように見入っていらっしゃるメルベル先生に、ただただ不気味さを感じてしまいます。

私にとってみればディア様は大勢いらっしゃる精霊様のお一人としか感じませんが、メルベル先生の口ぶりでは違うようですね。

ああ、なぜ先生の様子がおかしいと気付いた時に、いち早く問《と》い質《ただ》しておかなかったのでしょう。

先生はお忙しいだろうからと思って放置してしまったツケが、今回ってきたように感じます。

「ディア様を研究対象になさるおつもりなのですか？　そんな失礼な事は絶対にさせませんよ」

キッと睨《にら》みつけて言い返すと、先生はいやらしい笑みを浮かべました。

ディア様はメルベル先生の方を向いているので、私からはその背中しか見えませんが、激しい怒りと不快感が流れ込んできます。

普段のメルベル先生とはあまりに掛け離れた醜悪《しゅうあく》なお姿に、私の不快感も更に増してきました。

「ひひひひひ、無駄じゃ無駄じゃ。人間ごときに何ができる。といっても、わしは別じゃがな。はははははは。今日のためにこれまで色々と準備してきたのじゃ……」

どこか呂律が回っていない上に、視線ももはやどこを向いているか分かりません。あまりの変化に、メルベル先生ではない別人なのではないかと錯覚すらしてしまいます。

もはやおかしくなったというより、壊れてしまったという表現の方が正しいかもしれません。

先生は急に勝ち誇った笑みを浮かべて、懐《ふところ》から何かスイッチのようなものを取り出しました。

先生がそれを押した直後、部屋全体が淡く光り輝き、幾重もの光の線がディア様を拘束するかのようにその体に巻きつきました。

「あはははは、名だたる研究者が挑み、敗れていった精霊の謎……それをこのわしが解き明かしてみせようぞ！　ついでにこの学園の謎も解明してくれるわ！」

おぞましい形相と口調にぞっとします。ですが、それ以上にディア様の事が心配でたまりませんでした。

この光の線は一体何？　何が起こっているの？

私は焦ってパニックに陥《おちい》りかけましたが、不思議な事に、ディア様の方からは焦りの感情など全く流れ込んできませんでした。

見た目も動じた様子のないディア様に、私がほっと安堵した直後、ディア様を拘束していた光の線がかき消えます。

「ギャッ！」

けたたましい笑い声をあげていた先生が、悲鳴を上げました。

見れば、まるで何かに全身を締め付けられているかのような格好で固まっています。

そして何やら苦悶《くもん》の表情を浮かべたまま、宙へ浮かび上がりました。

これは、どう考えてもディア様の仕業でしょう。

『人間、調子に乗るのもいい加減にしろよ？　確かにお前は、この部屋に妙な仕掛けをしたようだな。だが、それだけの話。まさか人間ごときが我らをどうにかできると思ったわけではあるまいな？』

そのディア様の声には、びっくりするほど冷酷な響きがありました。口調もいつもとは全然違っていて、そのあまりの変化に私も恐怖を覚えてしまいます。

これはさすがにまずいと思い、慌てて口を開きました。

「ディア様、どうかメルベル先生の拘束を、お話ができる程度に緩《ゆる》めてくださいませんか？」

私の言葉に振り返ったディア様から、じとっとした視線を向けられてしまいました。

そのような視線を向けられるのは初めてですが、それだけ今回の件を腹に据えかねているという事なのでしょう。

とはいえ、ディア様は私の言葉を聞き入れてくださいました。

『仕方ないなー』

そのディア様の言葉と同時に、メルベル先生がゆっくりと下へおりてきます。

拘束はまだ解かれておらず、床に足がついても、先生はなお苦しそうにはあはあと呼吸を繰り返していらっしゃいました。

気のせいか、その目には先程より理性が戻っている感じがします。

「メルベル先生、貴方は本当にどうなさったのですか？」

「う、うるさいうるさい！　わしは長年の夢を叶えたいだけじゃ！」

「先生の夢というのは、たかが精霊の謎を明らかにする事だけなのですか？」

「はぇ!?」

私の言葉に、驚愕《きょうがく》の表情を浮かべておかしな声を出されるメルベル先生。ディア様からも驚きの感情が流れ込んできました。

ですが、私はそれに構わず言葉を続けます。「たかが精霊」と言ってしまったのはディア様に対して失礼ですが、フォローは後で幾らでもできますからね。

「先生は以前確かにおっしゃっていました。精霊様の事をもっと詳しく知りたいと。でも、それ以外にも知りたいとか、学びたいとか思っていらっしゃるはずです。だって、まだまだ人間には知らない事が多すぎるともおっしゃっていましたわよね？」

それを聞いてしばし唖然としていたメルベル先生ですが、突然、私をキッと睨《にら》みつけて叫び始めました。

「黙れ！　貴様に何が分かるんじゃ！　わしの、わしの何が分かるんじゃ！」

「他人の事など分かりませんよ。何を当然の事をおっしゃっているのです？　それに、私が言いたいのはそこではありません」

「うるさいうるさいうるさい！　黙れ黙れ黙れぇぇぇぇぇ！　恵まれた環境で育った貴様なんぞに言われたくはないわ！」

先生は、再び正気を失ったかのように見えました。

ですから、私は先生にツカツカと歩み寄り、その左頬に問答無用で全力のビンタをお見舞いします。

その瞬間、ディア様から強い喜びの感情が流れ込んできましたが、それも当然と言うべきでしょうか。

うーん、右の手の平がものすごく痛いですし、ついでに手首まで痛めてしまったかもしれません。手首に関しては、今はそれほど痛くありませんが、後で痛むのは覚悟しておきましょう。

「どうです、少しは落ち着きましたか？」

全力とはいえ所詮女の力ですからね。先生がどのくらい痛みを感じたかは不明です。ただ、左頬がやや腫《は》れておりますから、それなりの効果はあっただろうと判断します。

別に先生を痛めつけたくてビンタをしたわけではありませんからね。ぽかんとした表情で私を見つめていらっしゃるので、少しは正気を取り戻していただけたみたいですし、よしとしましょう。

「全く、貴方ほどの方が何を取り乱していらっしゃるのですか。教え子として嘆かわしいですわ。それに、少し勘違いなさっていませんか？」

「か、勘違い？」

呆然としたまま、オウム返しをなさるメルベル先生。

「ええ、そうです。だってディア様は、今後ずっと私の傍《そば》にいらっしゃるのですよ？　無論、解剖などはもってのほかですし、ディア様の嫌がる事をなさるのは私としても許可できませんが、研究の内容によっては協力するのもやぶさかではございません。先生がディア様を拘束なさる必要など何一つありませんのに」

私の言葉に、困惑した様子を見せる先生。

「し、しかし、それでは大した研究が……」

「まだお気付きにならないのですか？　私は王太子殿下の婚約者。もし将来王妃になったとしたら、使者として他国に行ってみたいと話したはずです。つまり、私が今後先生を連れて他国へ出向く可能性もあるのですよ？」

はっと息を呑まれる先生のお姿を見て、私は安堵の息を吐きます。

「……そうか、わしがこのままずっと教育係としてアメリア様についていれば、わしも他国へ行ける。そうすれば精霊どころか、もっと色々な研究ができると。まさかアメリア様はそこまで見据えていたと言うのか……」

『ちょっと何？　私を無視しちゃ……はむぅ』

私とメルベル先生の間に割って入ろうとしたディア様を抱きしめ、優しく撫でます。

先程から寂しそうな感情が流れ込んできていましたが、どうやら限界に到達してしまわれたようですね。

抱きしめて撫でているうちに幸せそうな感情が流れ込んできましたので、ディア様の事はひとまずこれで大丈夫でしょう。

メルベル先生の拘束も完全に解かれたようです。

「ほほほほ、まさかわしの四分の一程度しか生きておらぬ少女に諭される日が来るとはな。実に面白い」

今まで見た事もないほど明るい笑顔で、そんな事をおっしゃるメルベル先生。

あ、あれ？　なんか別のスイッチが入ってしまったような……

目に力が戻りましたし、正気に戻られたとも思うのですが、逆に生き生きしすぎている気がします。

困惑をしている私を尻目に、なおも言葉を重ねる先生。

「くっくっくっ。これが笑わずにおれるでしょうか。まったく、わしはいつまで経っても未熟じゃのぅ。じゃが、未熟だからこそ人生は面白いと、師匠はよく言っていたものじゃ……。アメリア様。このたびは大変失礼致しました。どうぞこの老人を煮るなり焼くなり首を刎《は》ねるなり、お好きになさってくださいい。なーに、別に研究はどこでもできますからな。それがこの世だろうとあの世だろうと些細な問題。わしは完全に目が覚めましたよ」

とんでもないお言葉に、私は今度こそ慌ててしまいます。

「なぜそう極端なんですか？　首など刎ねませんし、むしろ今日の事は無かった事にするつもりです。なんですか、この世だとかあの世だとか。死んでしまったら研究などできないでしょう。少しでも私に悪いと思っているのでしたら、授業態度を変えてくだされればそれで十分ですわ」

「はははは、死んだら研究ができないと思っていらっしゃるとは、アメリア様もまだまだ未熟ですのぅ。いや、あの世についてはまだお教えできていませんでしたな。なんにしろ授業態度を変えるのをお望みならば、今すぐ改めさせていただきましょう。ですが、今後は一層ビシバシ教えていきますからの」

正直、メルベル先生の切り替えが早すぎて調子が狂います。勝手に自己完結なさっている部分も多いですし。これは大精霊様の影響というより、元々の気質によるところが大きいのでしょうが。というか、本当に問題が解決したと思って大丈夫なのでしょうか？　これはこれで不安でたまりません。

お願いですから、もう暴走なさるのは勘弁してくださいね。

ああ、感情が増幅されるというのは、本当になんと厄介な事でしょう。

「ええ、今後も宜しくお願いします。くれぐれも、学園にいる間は問題を起こさないでくださいね。今までの事は大精霊様の影響のせいだという事にしておきますので、先生も話を合わせてください」

「ほっほっほっ、ちと暴走しすぎましたが。なーに、研究者にはよくある話です」

私の忠告を軽く流して、あっけらかんとおっしゃる先生。

先生のせいで私が、そして私の大切な人たちがどれだけ迷惑を被《こうむ》っているのか、ちっとも分かっていらっしゃらないのでしょうね。

そう思いつつも、あまりにも嬉しそうなメルベル先生のお姿に毒気を抜かれて、文句も言えなくなってしまいます。

まさか、研究者というのはデフォルトでこんな感じなのですか？

もしそうであれば、今後先生以外の研究者とは、なるべく深いお付き合いをしないようにしましょう。

「なんにしろ、ようございました、徐々にアメリア様を見る皆様の目も変化してきておりますし」

自室でゆっくりとお茶を楽しんでいる最中、チェリアさんが嬉しそうに口になさった言葉に、私は頷きます。

早いもので、メルベル先生とのやり取りからもう一周間が経ちました。

とりあえず、表面上は以前と同じに戻ったメルベル先生ですが……なんでしょう、また何かやらかしそうな雰囲気をまとっていらっしゃるので、私は気が気でなかったりします。

あの日、子供のように目をキラキラ輝かせるメルベル先生を見てしまったせいもあるでしょうか。

ともかく、メルベル先生がどうにか落ち着いてくださったおかげで、私への風当たりが徐々に弱まりつつある事を素直に喜んでおきましょう。

「ええ。とりあえず目の前の問題は、一通り解決できたようですね」

安堵の息と共に言いましたが、そのまま脱力してテーブルに突っ伏しそうになり、なんとかこらえます。自室とはいえ、さすがに気を抜きすぎというものでしょうからね。

「ふふふ、お疲れ様でございました。アメリア様がメルベル先生に連れていかれてしまった時は、心配でなりませんでしたけど、ご無事で何よりです」

「ありがとうございます。他の皆様も心配してくださったようで、本当に嬉しかったです」

そう言いながら思い出すのは、メルベル先生の部屋を出た私に、血相を変えて駆け寄ってきた殿下の事です。

どうやらメルベル先生が部屋に封印をかけていたようで、扉が開かないのはもちろん、中の音が少しも聞こえてこなかったそうです。

殿下は私をまじまじと見つめた後、すごい勢いで抱きしめました。嬉しさと恥ずかしさが私の中で入り乱れ、その記憶が強烈に残っています。

今でも思い出すたびに恥ずかしくなるのですが、それにもかかわらず、よく思い出してしまっているのでした。

『あー、まーた、あの小僧の事考えてるでしょ？　私を忘れたら嫌よ』

私が殿下に抱きしめられた時の事を思い出すたびに、ディア様は嫉妬なさって私の胸に飛び込んでくるのです。今回芋も、やはり胸に飛び込んできました。

その愛らしいお姿には、相変わらず癒されます。

恥ずかしさを打ち消すためにも、ディア様を撫でる事に集中しましょう。

そもそも、殿下が私を抱きしめたのは、きっと友愛のお気持ちからなのです、決して恋愛感情はないはずですので、そこは勘違いしないようにしないと……

変に勘違いしてその気になってしまったら、いざ婚約破棄しようとなった時に、どれだけダメージを受けてしまうか分かりませんからね。

「本当に仲睦まじくて素敵ですわ」

何やらうっとりとしていらっしゃるチェリアさんですが、それは殿下との事をおっしゃっているのか、それともディア様との事をおっしゃっているのか。いえ、ディア様との事に決まっていますわね。

ああ、本当に、私はどうしてしまったのやら。すでに手遅れな気もしますが、少なくとも例の乙女ゲーが始まるタイミングである三年生の始業式までは、浅はかな思い込みはしないように気を付けましょう。

ええ、もう前世のように傷つきたくはありませんから……

『ふふふ、私とアメリアは仲良しだもんね』

「ええ、私もお慕《した》いしておりますわ」

嫌な記憶を思い出しそうになった私に、無邪気な笑みを見せてくださるディア様。

ええい、凹《へこ》んだり後ろ向きになったりするのは私らしくありませんわね。

淑女《しゅくじょ》を目指すという目標だってありますし、今後も全力で臨むだけです。

それに、確かに目の前の問題は片付きましたが、まだまだこの学園には多くの問題が残っています。決して油断せず、今後の学園生活も気を引き締めて過ごすとしましょう。

大精霊様の思惑が分からない以上、いくら注意してもしすぎる事はないはずです。

それに、ゲームでは悪役令嬢だったようですが、今の私にとって知った事ではありませんからね！

番外編　殿下の相談

「それにしても、殿下は本当にお変わりになりましたね」

私――ディエル・ファイ＝フィルドバック＝メルドーグがアメリア嬢と議論を交わした一件から五日後の事。

殿下に部屋に呼ばれ、いつものようにカードゲームに興じていたら、ふと昔を思い出してそんな事を呟《つぶや》いてしまった。

「ディエル、突然どうしたんだ？」

殿下はカードを持ったまま、不思議そうに質問なさる。

「申し訳ございません。幼い頃を思い出しまして、つい」

話に集中しようと、持っていたカードをテーブルの上に伏せる。すると、殿下も懐かしむような表情をして、ご自身のカードを伏せた。

「まぁ、昔に比べれば心身ともに成長しているだろう。お前には今までずいぶん世話になった。これからも頼りにしているぞ」

「ありがたきお言葉」

そう返すと、殿下は満足そうに頷いた。

入学式以来、殿下に対してかなり失礼な言動を取ってしまっていた。いくら大精霊様の影響を受けていたとはいえ、決して許される言動ではなかったというのに、殿下はあっさり許してくださったのだ。その寛大な処置から、殿下の器《うつわ》の大きさが窺《うかが》える。

「それにしても、幼い頃の事とは……？　もしや、私たちが出会った時の事か？」

「ええ。その時から今に至るまでの事を、漠然と思い出していたのです」

にこやかに言えば、殿下も笑みを浮かべる。

「あれは四歳の頃だったな。さすがに詳しくは覚えていないが、お互いにませた子供だったように思う」

「そうですね。私もそんな風に記憶しています」

そう言って、殿下と声を出して笑い合う。

悪質な悪戯《いたずら》こそしなかったものの、可愛い悪戯は何度もした。それに、殿下とは喧嘩《けんか》もよくしたものだ。

時が経つと、喧嘩をした事すら笑い話になるのだから、不思議なものである。

「思えば、お前とはかれこれ十年以上の付き合いになるな。時の流れとは早いものだ」

「左様でございますね、一時期は疎遠《そえん》になってしまいましたが……」

「……そうだな。あの頃の私はどうかしていたよ。赤目赤髪に生まれた事を、プレッシャーに感じてしまうだなんて」

殿下は苦笑いを浮かべておっしゃった。

赤という色は、この国の王侯貴族にとって重要な意味を持つ。赤はこの国の王族を気に入っている精霊様の色だからだ。

建国初期は、赤目か赤髪を持ってさえいれば貴族になる事も可能だったらしい。

それゆえ、当時から貴族である家系には、赤目か赤髪を持って生まれる者が多い。かくいう私も赤目だ。

ただ、赤目赤髪の両方を持って生まれる者はとても少ない。歴代の王族の中でも数人いるかいないか、といったところだ。直系の王族の男子であれば、他に赤目赤髪の兄弟がいない限り、基本的に国王に選ばれる。

そのため、赤目赤髪でお生まれになった殿下は、幼い頃から次期国王としてのプレッシャーを感じておられた。それに加えて、次代の王に気に入られようと、すり寄ってくる貴族が多かったのだ。

そういった者たちを相手にする時、表面上は上手く対応なさっていたが、内心かなりの負担を感じていらしたのだろう。その頃の殿下はピリピリしていて、近寄りがたい空気をまとっていた。

殿下がデューク様――精霊様に気に入られた後は、精霊様のへそを曲げてはまずいと思ったのか、貴族たちもそういった行動を控えるようになったのだが。

私は、そんな殿下をずっと傍で見てきたので、その苦労が偲ばれた。

「あの頃は、本当に人間不信になりそうだったぞ。アメリア嬢も子供の時は我が儘《わがまま》で、何かにつけて私の神経を逆撫でしてきたしな。デューク様に気に入っていただくまでは、どうにも周囲が落ち着かず、心が休まる時がなかった」

疲れたような表情で、殿下はおっしゃる。その後、急に改まった表情でこう切り出された。

「実は、お前に相談したい事がある」

「アメリア嬢の事ですね。今回はどんなご相談でしょう？」

私の言葉に「うぐっ」と呻《うめ》き、サッと視線を逸らす殿下。

私などより遥かに優秀な方なのに、どうしてアメリア嬢の事となると、こんなにも不器用になられてしまうのか……

まぁ、異性について相談するとなると、なかなか勇気が要るもの。さすがの殿下といえど、挙動不審になられて当然だろう。

「その、あれだ。彼女に見つめられても、見つめ返す事ができないのだ。どうしたら良いと思う？」

「……」

ここ最近の殿下の悩み相談は、毎回こんな感じの内容だ。こうも同じような悩みが続くと、どう答えたら良いものか悩んでしまう。相手は殿下なので適当に答えるわけにはいかないが、自分の婚約者相手に緊張した経験などない私には、「照れる」というのは未知の感情なのである。

共感できぬゆえ、具体的な解決法を提示するのは難しいのだが、逆に客観的な意見を述べる事ができるという利点がある。

私は今回も第三者として冷静に分析する事にした。

「……うーん、やはり慣れるしかないのではありませんか？　というか、彼女とは旧知の仲だというのに、未だに慣れないのが不思議なのですが」

私の言葉を聞いた殿下は、慌てた様子で大げさに両手を振る。

「昔から言っているだろう！　あの愛らしい瞳で見つめられるだけで、全身から火が噴き出しそうなほど熱くなってしまうと！　見つめられるどころか、目を合わせるだけでも、私にとってはかなり難しいんだぞ。私はもっと彼女の笑顔を見たい。彼女ともっと仲良くなりたい――常にそう願っているのだ。だからこそ、このままではいけないと思う。せめて互いの目を見て微笑み合えるようになりたいのだ！」

いつもと同じく、熱く語り出す殿下。さてどうしたものかと、私は頭を捻る。

それにしても、あの殿下がここまで変わられるとは……

私が殿下の口からアメリア嬢の事を初めて聞いた時、殿下は彼女の悪口ばかりおっしゃっていた。その後もたびたび愚痴《ぐち》をこぼしていらしたが、それが徐々に好意的な言葉に変わったのは、何がきっかけなのだろうか。

殿下がデューク様に気に入られた頃から、アメリア嬢に対する愚痴が少なくなった気もするが、それでも完全に言わなくなったわけではなかったし……

そういえば、殿下が明らかに変わられたのは、アメリア嬢のご実家を訪れた直後からかもしれない。

その日も、いつものように――いや、いつもより激しくアメリア嬢の愚痴を口にしておられた殿下。だが、その様子はどこか照れているように見えたので、私はつい冗談まじりに「まるで彼女の事を好《す》いているみたいですね」などと言ってしまった。すると、殿下は目を見開いて固まった後、低い声で「……なぜ分かった」とおっしゃったのだ。そして驚く私をよそに、怒涛《どとう》の勢いでさっきと似たような言葉をまくし立てたのである。

その事を思い出しながら、私はアドバイスする。

「殿下、もう少し心を落ち着けて会話されてはいかがですか？　自然体で会話された方が、アメリア嬢もより打ち解けてくれるのでは？」

「心を落ち着けるだと？　それができればとっくにやっている！　だが、自然体で話す事は実践しているぞ。決して嘘は言わず、思った事をできうる限りそのまま伝えようと努力しているし、彼女の事を考えて発言するよう心がけてもいる。無論、完璧にできているとは思わないが、少しずつ実を結んでいるという実感はあるぞ。なぜなら、その……徐々にアメリア嬢との距離が近くなっているからだ。というか、最近彼女と話す時の距離が近すぎるのだ！　もしや、私はまた彼女に弄《もてあそ》ばれているのか？　それとも単に私が初心《うぶ》すぎるだけで、彼女の方は意識すらしていないのか？」

そう言いながら青ざめていく殿下。

これほど早口でまくし立てられると、何をどう答えていいものやら分からなくなってしまうのですが……。それなのに、私がきちんと答えられないと、「ちゃんと聞いていたのか？」などと言って怒り出してしまわれるし……

せめて私に相談する時くらい、もっと落ち着いて話していただきたいものだ。

「とりあえず落ち着いてください。そんなに興奮されては、私の話を聞く余裕もないでしょう？」

「ある！」

私の言葉に間髪《かんはつ》を容《い》れずに言い返し、鼻息荒く見つめてくる殿下。

これは少し間を置いて、殿下が落ち着くのを待ってから話すとしよう。

やれやれ。そんなにお好きなら、素直に「好きだ」と伝えればいいのに。私は自分の婚約者に会うたびに、目を見て微笑みながら「愛しています」と伝えている。「そうするだけで婚約者はとても喜んでくれますよ」と殿下にも勧めてみたのだが、「そんな事できるか！」と怒られてしまった。

目を見る事すら困難なほど惚《ほ》れていらっしゃるくせに、時折きつく睨《にら》みつけたり、憎まれ口を叩いたり……。私には理解不能だ。

「ディエル、早く言え！」

「嫌です。今の殿下は、まるで大精霊様の影響をもろに受けてしまっていた時の私みたいですよ。一度、かつてのご自身の事を振り返ってみてはいかがでしょう？」

噛みつくようにおっしゃった殿下に、私は冷静に返す。

ああ、これはアメリア嬢が私に言った言葉じゃないか。どうやら私は彼女から影響を受けてしまったみたいだ。前から思っていたが、やはり彼女の影響力は侮《あなど》れない。

「今の私は冷静だ！」

「本当に冷静な人は、自分で『冷静だ』なんて大声で主張しません。それに、先程私が言ったのは、元はアメリア嬢が私に言った言葉なのですよ？」

アメリア嬢の名前を出してみると、それは予想以上の効果を発揮してくれた。

殿下はうっと詰まった後、「ア、アメリア嬢の言葉ならば……」と呟《つぶや》く。そして目を閉じ、どうにか落ち着こうと深呼吸を繰り返した。

本当に、どれだけアメリア嬢という人物は殿下にとって特別なのやら。

本人を前にした時も、こうやってもう少し素直になればいいのに。

「……そうだな、確かに興奮しすぎていたようだ。思えば、アメリア嬢を前にした時も冷静になれず、そのせいで色々と失敗してきた。これでも前よりは成長しているつもりだったんだがな。体はともかく心はあまり成長していないらしい」

自嘲気味におっしゃる殿下。私は神妙に頷きながら口を開く。

「アメリア嬢の事に限っては、確かにそうかもしれません。ですが、他の事に関しては、殿下は間違いなく成長しておられます。事実、こうして私を許して下さったではありませんか。以前なら、激昂してしばらく口を利いて下さらなかったでしょう？」

私の言葉に、はっとする殿下。

私も殿下を見習って成長せねばなるまいな。恋という感情を理解する事は今後もかなわないかもしれないが、婚約者を大事にしようという姿勢は私も見習いたい。他にも殿下から学ぶべきものはたくさんあるのだ。

「そう言ってくれると嬉しい。アメリア嬢の事に関しても、幸い学園生活はまだまだ先が長い。これからも努力して少しずつ成長していこうと思う」

力強くおっしゃる殿下を見て、自然と笑みが浮かんでくる。

「はい。心より応援しております」

「ディエルが応援してくれると心強いな。父上こそ賛同してくださっているが、主要な大臣たちをはじめとして、有力貴族のほとんどが私たちの婚約に反対している。アメリア嬢の父上がランドーク侯爵でなければ、アメリア嬢の身は危険にさらされていたに違いない」

「左様でございますね。精霊様の加護を受けて胡坐《あぐら》をかいていた我が国に、他国が牙を剥《む》こうとした時、話術によって停戦条約を結ぶ事に成功した英雄。そんなランドーク侯爵が父親でなければ、かなり危ない目に遭っていたかもしれません」

そうは言ってみたものの、まだまだ若い学生でしかない私達には、詳しい事情は分からない。それでも、そんな事実があるからこそ、ランドーク家の人間がどんな振る舞いをしても問題にならないのだという事は知っていた。

今もこの国の大臣たちの間では、ランドーク卿の機嫌を少しも損ねてはいけないという暗黙の了解があるらしい。その理由の一つとして、貴族でも知っている者は少ないか、例の他国との間で未だに緊張状態が続いている事が挙げられるようだ。

「だからこそ解《げ》せない事もある。なぜランドーク卿は、私とアメリア嬢の婚約を許してくださっているのやら。彼にまつわる事情をよく分かっていない頃、私は彼に反抗的な態度を取っていたので、間違いなく好かれてはいないはずなのに。常に飄々《ひょうひょう》としていて、感情の読めないお方だしな」

悩ましげに口になさる殿下。

ランドーク卿は常ににこにこしていて、いかにも人が好《よ》さそうに見える。だが、その口からとんでもなく冷たい言葉が飛び出すのを何度見た事やら。

それに、奇行も多いと聞く。父上からお聞きしたのだが、重要な会議の席であるにもかかわらず「面倒だから」という理由で、勝手に退室なさる事すらあるらしい。

そのため、貴族の間では非常に評判が悪い。ただ、私がこっそり調べたところ、一部の貴族からは不思議なほど信奉されているそうだ。

そういえば、サンホーク男爵家がランドーク家の派閥に入ったとか。社交界でもかなりの騒ぎになったようだ。ランドーク家は今までどこの派閥にも属さず、自ら派閥を作る事もなかっただけに、色んな憶測が飛び交っているらしい。

まぁ、相手がランドーク家である以上、直接聞ける者などいないので、ランドーク卿の真意が明らかになる事はないだろうが
本当に謎の多い人だ。竹を真っ二つに割ったような性格のアメリア嬢とは、似ても似つかないと。アメリア嬢は見た目だけでなく、性格も母親似なのかもしれないな。

「ランドーク卿は、我々には測り知れぬお人だという事でしょう」

私がそう結論を出すと、神妙な顔で頷く殿下。

かと思うと、殿下は急にテーブルに突っ伏した。

「あー、本当に何を考えているのやら。実は『僕は君達の関係なんて心底どうでもいいけど、万が一キャシーを泣かせたら何をするか分からないよ』と言われたんだ。そこでなぜ細君《さいくん》の名前が出てくるのか……。全く、あの方にとってはアメリア嬢より細君の方がよっぽど大事らしい。思い出し

たら、なんだか腹が立ってきたな」

そう言う殿下も、つくづくアメリア嬢中心の考え方をなさっている。

「まぁまぁ。ところで、だいぶ話が逸れてしまいましたが、アメリア嬢についての相談事が他にもあるのではありませんか？」

「そうだ！　是非お前に相談したい事があるのだ！」

私の言葉を聞いて、一気に元気になる殿下。

本当にアメリア嬢に夢中なのだな。殿下の悩みが尽きるのはまだまだ先だと思われるが、これからも見守る事にしよう。

そう決意し、殿下のご相談に耳を傾けるのだった。

新＊感＊覚ファンタジー！

Regina
レジーナブックス

イラスト／⑪（トイチ）

★トリップ・転生

魔界王立幼稚園ひまわり組1～2

まりの

幼稚園の先生になる夢を叶えたばかりのココナ。なのに突然、魔界へトリップ⁉　そこで魔王様に王子のお世話係を頼まれるが、やがて「魔界にも幼稚園が必要！」と進言。そして設立された魔界王立幼稚園。集まった魔族のちびっこは、とてもかわいい……けれど、やっぱり魔族。一筋縄ではいきません――⁉

イラスト／篁ふみ

★恋愛ファンタジー

王と月1～2

夏目みや

星を見に行く途中、異世界トリップしてしまった真理《まり》。気が付けば、なんと美貌の王の胸の中⁉　さらに後宮へ入れられた真理は、王に「小動物」と呼ばれて事あるごとに構われる。だけどそのせいで、後宮の女性達に睨まれるはめに。息苦しさを感じた真理は、少しでも自由を得るため、王に「働きたい」と直談判するが――？

詳しくは公式サイトにてご確認ください。

http://www.regina-books.com/

携帯サイトはこちらから！

レジーナブックスは新感覚のファンタジー小説レーベルです。
ロゴマークのモチーフによって、その書籍の傾向がわかります。
異世界トリップ
剣と魔法
恋愛
Web限定!
Webサイトでは、新刊情報や、
ここでしか読めない、書籍の番外編小説も!
新感覚ファンタジーレーベル
レジーナブックス
Regina
いますぐアクセス!
レジーナブックス
検索
http://www.regina-books.com/
RB
レジーナ文庫
創刊!
あの人気タイトルも文庫で読める!
今後も続々刊行予定!

平野とまる（ひらのとまる）
熊本県出身、熊本県在住。音楽活動のかたわらWeb小説の執筆を開始。片田舎のドラマーから片田舎の小説家にジョブチェンジ。

イラスト：烏丸笑夢
http://project-gem.chu.jp/

本書は「小説家になろう」（http://syosetu.com/）に掲載されていた作品を、
改稿のうえ書籍化したものです。

悪役令嬢《あくやくれいじょう》に転生《てんせい》したようですが、知《し》った事《こと》ではありません

平野とまる（ひらのとまる）

2015年 7月 4日初版発行

編集－及川あゆみ・羽藤瞳
編集長－塙綾子
発行者－梶本雄介
発行所－株式会社アルファポリス
〒150-6005東京都渋谷区恵比寿4-20-3 恵比寿ｶﾞｰﾃﾞﾝﾌﾟﾚｲｽﾀﾜｰ5F
TEL 03-6277-1601（営業） 03-6277-1602（編集）
URL http://www.alphapolis.co.jp/
発売元－株式会社星雲社
〒112-0012東京都文京区大塚3-21-10
TEL 03-3947-1021
装丁・本文イラスト－烏丸笑夢
装丁デザイン－ansyyqdesign
印刷－中央精版印刷株式会社

価格はカバーに表示されてあります。
落丁乱丁の場合はアルファポリスまでご連絡ください。
送料は小社負担でお取り替えします。

ISBN978-4-434-20778-5 C0093

ご愛読誠にありがとうございます。

読者カード

●ご購入作品名

●この本をどこでお知りになりましたか？

年齢　　歳　　性別　　男・女

ご職業　1.学生(大・高・中・小・その他)　2.会社員　3.公務員　4.教員　5.会社経営　6.自営業　7.主婦　8.その他(　　)

●ご意見、ご感想などありましたら、是非お聞かせ下さい。

●ご感想を広告等、書籍のPRに使わせていただいてもよろしいですか？

※ご使用させて頂く場合は、文章を省略・編集させて頂くことがございます。

(実名で可・匿名で可・不可)

●ご協力ありがとうございました。今後の参考にさせていただきます。

郵 便 は が き

1 5 0 8 7 0 1

料金受取人払郵便

渋谷局承認

7227

0 3 9

差出有効期間
平成28年11月
30日まで

東京都渋谷区恵比寿4—20—3
恵比寿ガーデンプレイスタワー5F
恵比寿ガーデンプレイス郵便局
私書箱第5057号

株式会社アルファポリス
編集部 行

お名前	
ご住所 〒 TEL	

※ご記入頂いた個人情報は上記編集部からのお知らせ及びアンケートの集計目的以外には使用いたしません。

アルファポリス http://www.alphapolis.co.jp